아가씨와 아줌마 사이

아가씨와 아줌마 사이

야마다 구니코 지음 | 김난주 옮김

 큰나무

■ 차례

요시노야의 구두

어쩌다 일이 이렇게 되어버렸을까.

오전 10시. 나리타공항 출발 로비에서 '월드 투어'라 쓰인 화려한 깃발을 흔드는 뚱뚱한 남자 가이드 앞에 집합하고서도, 나는 여전히 자문자답을 계속하고 있었다.

대기업에 다니고 있지만 그리 많지 않는 월급에서, 언젠가 결혼할 날이 있을지도 모르니까 그때 쓰자 싶어 조금씩 저축한 돈을 덜어내 여비를 마련했다. 5박 7일에 무려 30만 엔. 물론 일반 사무직으로 일하는 내게는 분에 넘치는 금액이다. 그런 거금을 투자해서 선택한 여행지는 베니스와 밀라노.

"선배, 이번 황금연휴 어떻게 지낼 건데요?"

유니폼 치마를 보란듯이 짧게 입고 다니는 후배들의

그 한 마디에 평소의 나답지 않게 입을 놀린 것이 사태의 발단인지도 모르겠다.

"여러분, 다 모이셨어요? 그럼 인원 점검을 할 테니까, 이름을 부르면 큰 소리로 대답해 주세요!"

가이드가 소리를 지른다. 남자치고는 듣기에 좀 거북한 짜랑짜랑 높은 목소리다.

가이드를 에워싼 투어 일행의 모습을 관찰한다. 모두 스무 명. 회사원인 듯한 젊은 여자 4인조, 스무대여섯 살 남짓한 커플. 정년 퇴직을 했을 부부와 그들의 딸인 듯한 자매. 그 나머지는 대부분 중장년의 2인조였다.

아아. 모처럼의 황금연휴에 나 홀로 여행을 하다니.

실연 때문에 떠나는 여행이라면 그나마 폼이라도 날 텐데, 나는 그런 애틋한 이유로 이 투어에 참가한 것이 아니다. 대학 시절을 마지막으로 애인이라 할만한 사람은 만나지조차 못했으니, 집에서 빈둥빈둥 시간을 죽였을 텐데 괜한 허세를 부린 결과가 지금 내가 놓여 있는 상황이다.

"이탈리아요? 과연 선배네! 당연히 애인하고 같이 가는 거겠죠?"

"어, 응…… 그렇지 뭐."

순간적으로 거짓말을 했다. 애인은커녕 추근대는 남자

도 없는데 말이다.

그 거짓말에 못 믿겠다는 표정을 띠던 후배들의 얼굴이 뇌리를 스친다. 직장에서 제일 별볼일 없는 여자란 슬픈 사실을 누구보다 잘 알고 있었지만, 그녀들의 반응은 충격이었다.

"오오바 씨! 오오바 노리코 씨, 안 계세요?"

한 단계 톤이 높아진 가이드의 목소리에 퍼뜩 정신을 차린다.

"아, 네. 있어요, 여기 있어요!"

"그럼, 짐을 부치시고, 출국 수속을 마치면 탑승 게이트로 가겠습니다. 여러분 저를 따라오세요!"

그 목소리에 등을 떠밀리듯 수속을 마친 나는 우울한 기분을 마음의 서랍에 꼭꼭 담아둔 채 비행기가 뜨기를 기다렸다.

그런데, 기내에서 앉은 자리가 또 최악이었다.

네 명이 나란히 앉는 자리에서 오른쪽 두 자리를 젊은 커플이 점령했는데, 그 옆이 바로 내 자리였다.

방금 전까지 남자와 소근거리던 여자가 포도주라도 마시고 취했는지, 남자의 어깨에 기대어 잠이 들었다. 남자는 부드러운 미소를 띠고 그런 그녀가 깨지 않도록 유리 세공품이라도 다루듯 담요를 덮어 준다.

스물아홉 살에 결혼은커녕 몇 년 동안 애인 구경도 못한 내 가슴을 쿡쿡 찌르는 광경이었다.

그런데 이건 또 뭔가.

왼쪽 옆자리에서, 호박색 커다란 선글라스 아래로 덕지덕지 화장한 얼굴이 드러나 보이는 아줌마가 고개를 내게로 쑥 내밀더니 말을 거는 것이 아닌가.

"아가씨 지금, 저 두 사람 부러워하고 있죠?"

흠칫 놀라 옆을 보자, 새빨간 립스틱에 두껍게 화장한 얼굴이 내 얼굴 앞으로 다가온다.

혹시, 이 사람이…….

투어를 신청할 때, 여행회사 직원이 하던 말이 떠오른다.

"동행은 없습니까? 한 분만 신청하면, 추가요금 4만 엔이 더 붙는데요. 방을 다른 분과 같이 써도 괜찮다면 추가 요금은 없습니다."

30만 엔 마련하기도 벅찼던 나는, "아, 괜찮아요, 같이 써도"라고 대답했다.

혹시 이 여자가, 혹시 나와 방을 같이 쓸 사람……이 아줌마?

"저런 거, 처음에만 그렇지."

아줌마는 당황해 하는 나를 전혀 상관하지 않는다.

"저기 좀 보라고, 저 노년의 부부. 남편은 자고 있고, 부인은 책 읽고 있고, 각자 제멋대로잖아? 젊을 때나 무슨 일이든 둘이서 하자고 생각하지. 남자하고 여자는, 오래 붙어있다 보면 다 저렇게 되는 거야."

"네에……."

고뇌의 씨앗이 하나 더 늘었다. 여차하면 이 아줌마가 내 행동거지 하나하나에 잔소리를 해댈지도 모르겠다. 그런 생각이 들자 여행 자체가 끔찍해졌다.

"그런데, 아가씨는 애인도 없어? 혼자서 이런 투어에 참가하게."

당장에 질문공세가 시작되었다.

"네, 아니……."

"그럼, 기분전환 삼아서?"

"아니, 그런 건 아니고……."

아줌마와 눈이 마주치지 않도록 앞머리로 눈을 가리고 얼버무린다.

"그런 게 아니면, 아가씨 같은 나이에 혼자서 투어에 참가하다니 좀 유별난 타입인가. 무슨 특별한 사연이라도 있는 거 아냐?"

"아니오, 그런 거 없어요."

나는 아줌마와의 관계가 더 이상 진전될까 두려워, 일단은 대꾸하는 것으로 방어한다.

"하기야 나도 혼자서 여행하는 거니까. 아가씨하고 같은 방 쓰게 되겠지."

으윽, 역시. 절망이란 두 글자가 눈앞에 아른거렸다.

"난 말이지, 여행은 늘 혼자서 해. 유럽에 갈 때도 그랬고, 미국, 아시아, 다 합해서 스무 번은 해외 여행했는데. 뭐 그래봐야 전부 단체여행이었지만. 단체 여행이 값도 싸고 안전하기도 하고, 무거운 짐 들고 다니지 않아도 되고, 혼자서는 들어가기 힘든 레스토랑에도 당당하게 들어갈 수 있잖아? 아 참, 내 소개가 늦었네. 내 이름은 쓰네코야. 쓰네코라고 불러. 아가씨 이름은?"

묻지도 않은 말을 줄줄 늘어놓는 것도 모자라서, 느닷없이 쓰네코라고 부르라고?

"이름이 뭐냐니까?"

"네, 오오바라고 합니다. 큰 대(大)에 정원할 때 정(庭) 자 쓰고 오오바라고 읽습니다."

"'오오바라고 합니다' 라니, 아가씨, 아직 한참 젊은데 그렇게 맥빠진 목소리로 대답하지 말고, 풀네임이 뭐야?"

일찌감치 쓰네코 씨의 파워에 압도당한 나는 어떻게든 질문에 재빨리 대답하는 수밖에 없었다.

"이름은 노리코예요. 그러니까 오오바 노리코예요."

"노리코, 알았어. 그런데, 아가씨, 나이는?"

"스물아홉 살인데요."

"어머나, 그렇게 젊어? 오호호호. 난 또 삼십 댄 줄 알았는데. 이십 대 치고는, 좀 아줌마 같다."

말 안 해도 안다. 하지만 처음 보는 아줌마에게서 그런 소리까지 들어야 할 이유는 없지 않은가.

"그러는 쓰네코 씨는 몇 살인데요?"

이대로 가만히 있다가는 질문공세에서 헤어날 수 없을 것 같았다. 나는 되받아치기로 했다.

그러자.

"나? 우후후, 몇 살로 보이는데?'"

뭐? 우후후? 소름끼치는 웃음소리. 한창 나이에 미팅에 나온 여자도 아닌 주제에, "몇 살로 보여?"라고?

"쉰 살 정도?"

솔직히 환갑 정도로 보였지만, 그렇다고 솔직하게 말해 버리면 쓰네코 씨의 분노의 철권이 날아들 듯했다. 게다가 부모님이 맞벌이 부부라서 할머니 손에 자란 나는 노인은 마땅히 공경해야 한다는 가르침에 절어 있었다.

"어머나, 기분좋네. 하지만 실은 나 올해로 쉰여덟 살이야. 우리 어째 궁합이 잘 맞는 것 같다. 재미있을 거야,

이탈리아!"

　나홀로 여행이고 뭐고, 어이없고 불길한 예감에 나는 그만 천장을 올려다보았다.

　기내식을 거의 다 먹어갈 즈음, 그 예감은 빨리도 현실로 나타났다.

　"있지 있지, 노리코, 저 스튜어드, 어때?"

　졸음이 와서 꾸벅거리는 나를 흔들며 쓰네코 씨가 속삭였다.

　"어떠냐고요? 뭐가요?"

　"그야 노리코의 애인 후보로 어떠냐고 묻는 거지."

　네에?

　"아리타리아 항공의 유니폼, 아르마니에서 만들거든, 알고 있었어? 저런 패션, 일본 사람들은 절대 소화 못해. 역시 이탈리아 사람이 만든 옷은 이탈리아 사람에게 제일 잘 어울린다니까. 얼굴 윤곽도 또렷하고, 어쩜 너무 잘 생겼다! 노리코는 그런 생각 안 들어?"

　그런 엉뚱한 발상으로 잠을 청하는 사람을 깨우다니.

　"나는 외국 사람은, 좀 그런데."

　"그래도 저 스튜어드, 아까부터 노리코만 쳐다보고 있는데."

그럴 리가. 말도 안 되지.

"서비스업에 종사하는 사람이니까, 미소를 짓는 것도 일 아닐까요?"

"그게 무슨 상관이야! 알아두면 이탈리아에 도착해서 편리할 텐데! 밀라노에 가면 어떤 레스토랑이 맛있는지, 분위기 좋은 술집은 어디 있는지, 가서 좀 물어 보고 와!"

"안 돼요. 난, 이탈리아 말 한 마디도 못한다고요."

나는 절박한 목소리로 말한다.

"뭘 그렇게 겁을 내. 말은 어떻게든 되는 거야! 가이드북에 실려 있는 이탈리아 말하고, 영어 몇 마디에 제스처까지 섞으면 다 통하게 돼 있어!"

쓰네코 씨의 무모한 지령과 이 여행의 행보에 마음을 졸이면서 나는 할 수 없이 자리에서 일어났다. 터져나올 듯한 심장을 두 손으로 누르고, 나만 쳐다보고 있다는 그 스튜어드에게 다가가기 위해서.

"아까 그 스튜어드, 음, 이름이 엔쪼라고 하는데, 호텔 이름을 종이에 써서, 그 근처에 있는 술집 중에서 늦은 밤까지 한다는 술집 이름 알아 왔어요."

겨우 겨우 임무를 마치고 자리로 돌아온 나는 여행이 시작되기도 전에 기진맥진해 있었다.

"잘했어, 거봐, 하면 되잖아, 노리코도."

아줌마가 하도 끈질기게 구니까 그런 거죠, 라고 대꾸하고 싶지만 꾹 참는다.

"그래서, 가게 이름이 뭐래?"

"카페 암블로시아노래요."

"그래? 그럼 빨리 표시를 해 놓아야지. 가이드북 좀 봐봐. 있어?"

"밀라노죠. 음, 밀라노, 밀라노. 앗, 여기 있다, 여기 있어요, 지도에 있어요."

"그럼 밀라노의 밤은, 이 술집에서 한잔 걸치면서 지내면 되겠군."

이미 쓰네코 씨의 심부름꾼이 되어 있지 않은가?

그러나 한편, 이 박력 있는 아줌마에게 휘둘리는 동안에는 이륙 전의 우울한 기분을 잊을 수 있었던 것도 사실이다.

12시간 30분의 긴 긴 여행이 끝나고, 오후 6시에 밀라노 마르펜사 공항에 도착한 투어 일행은 입국 수속을 마치자 바로 투어 버스를 타고 베니스로 향했다.

여행 일정에 포함되어 있는 도착 당일의 디너 타임, 자기소개 시간이 있은 후 아니나 다를까 젊은 여회사원 4

인조가 "실연 여행인가요?"라고 캐물었다. 나는 앞머리로 눈을 가리고 고개를 숙였다.

그녀들은 일본 잡지에서 본 브랜드 상품을 일일이 메모한 종이를 들고 쇼핑에 열을 올렸다.

"정말요? 오오바 씨는 사고 싶은 브랜드 목록이나 사진 오린 거, 그런 거 없어요? 베니스 다음은 밀라노라고요, 밀라노! 일본에 수입 안 되는 브랜드도 있을지 모르는데."

"아니, 난 그런 것에는 별로……."

나는 멋도 낼 줄 모르는 털털한 여자, 라고 털어놓고 고백하는 심정이었다. 아니, 실제로 그렇다. 그러니, 부서에서 제일 나이 많은 '아줌씨'라고 뒤에서 소근거리는 것이다.

"있지 아줌씨가 글쎄, 사기 주전자나 찻잔에 진 얼룩은 계란 껍질로 닦으면 깨끗해진다고 그러더라. 알고 있었어?"

"야, 뭐니 그거! 누구한테 배웠대? 진짜 아줌마 같다."

"내가 커피 뽑고 난 찌꺼기 버리려고 했더니, 그거 냉장고에 넣어 두면 냄새 없어지니까 버리지 말라고 그러는 거야."

"커피 찌꺼기? 아, 나도 혼난 적 있는데. 재떨이에 담아 두면 담배 냄새가 안 난다면서."

"커피 찌꺼기 정도면 괜찮게. 난, 지난번에 얼마나 엄청난 광경을 봤는데."

"뭔데 뭔데?"

"녹차 우려낸 찌꺼기로 바닥 청소를 하고 있더라고. 바닥을 이렇게 닦고 있더라니까! 아줌씨 말로는 그걸로 바닥 닦으면 반짝반짝 광이 난대."

"아 참, 그때 왜 아줌씨 감기 걸렸을 때, 목에다 파 붙이고 출근했었잖아. 아유, 그때 얼마나 놀랐는지."

"맞아 맞아. 어째서 그 나이에 할머니의 지혜 보따리 같은 것을 달고 다닌데."

"그 옷차림은 또 어떻고. 일 년 내내 일자 바지 아니면 긴치마에, 윗도리는 어느 옛날 고리짝에 산 건지, 다 낡아빠진 헐렁헐렁한 니트. 그게 아줌씨 정장이잖아. 그리고 또, 알지? 다들? 그 속옷! 일 년 내내 배꼽까지 올라오는 살색 팬티에, 베이지색 아줌마 러닝. 그런 속옷으로 남자 하나 꼬실 수 있을지 모르겠다."

"그야 당연히 없지! 그 팬티 보면, 하고 싶다가도 쪼그라들지."

"그야말로 연중 개점휴업 아니겠어?"

"그래도, 뚱뚱한 것도 아니고 정말 못 생긴 것도 아니니까, 그 아줌마 패션하고 엉성한 화장만 어떻게 하면, 좀 보기가 괜찮아질 텐데 말이야."

"절대, 있을 수 없는 일이지, 아줌씨한테는."

"역시? 아줌씨는 영원한 아줌씨?'"

"어디 그뿐인가? 평생직장 얻기도 힘들지, 아마."

"꺄! 하하하하!"

여자 화장실 제일 구석 칸에서 그런 대화를 들은 나는 나가고 싶어도 나갈 수가 없어서 변기에 앉은 채 몸을 웅크리고 있는 수밖에 없었다. 그렇다, 살색 팬티를 허벅지까지 내린 볼썽사나운 꼴로.

방이 떠나가라 코를 고는 쓰네코 씨 덕분에 잠을 제대로 못 잔 나는 나른한 몸을 이끌고 투어 이틀째를 맞이했다.

오늘의 일정은 산 마르코 광장과 산 마르코 사원, 종루, 두칼레 궁, 탄식의 다리 등 베니스의 주요 관광코스를 도는 것이다. 처음 한동안은 졸음과 피로와 적응이 덜 된 시차 때문에 몽롱했었는데 시간이 흐르면서 베니스의 거리가 가이드북이나 사진에서 보는 것보다 훨씬 아름답다는 것을 알게 되었다. 유럽만이 갖고 있는 고풍스러움과 품격, 그리고 역사를 느낄 수 있는 건물들.

하기야 유럽 여행은 처음이니 뭐가 유럽적인지는 알 수 없지만, 영화나 텔레비전으로 본 이탈리아의 풍경을 내 두 눈으로 직접 보고 있다니, 감동적이었다. 그리고 오길 잘했다고도 생각했다.

관광 일정을 절반 정도 소화하고 수상버스에서 내리는 우리들에게 가이드가 큰 소리를 질렀다.

"여러분, 여기서 30분 간 자유시간을 갖겠습니다. 기념품을 살 분은 빨리 빨리들 사시고! 마르코 광장, 지금 이 자리에 30분 후에 집합해 주십시오! 좁은 길이 복잡하게 얽혀 있으니까, 아무쪼록 너무 깊이 들어가지 않도록 주의하시고요!"

기념품이라. 이렇게 아름다운 곳에 왔는데, 기념품은 사야 마땅하지.

나는 쓰네코 씨와 둘이 걸으면서, 베네치안 레이스 깔개, 카니발용 가면 등의 소품을 가는 길목길목마다 사 들였다.

그런데 쓰네코 씨는 아무 것도 사려들지 않았다. 끝내 그녀의 핸드백은 30분 동안 한 번도 열리지 않았다. 그녀는 내가 뭘 살 때마다 후 하고 한숨만 내쉴 뿐이었다.

다시 산 마르코 광장으로 돌아온 우리에게 가이드가

한 첫 말.

"오오바 씨, 거 꽤 많이 사 들이셨네요."

가이드는 그렇게 말하면서 대단하다는 듯이 웃는다. 내가 두 손 가득 쇼핑백을 들고 있었기 때문이다.

"네, 애써 이렇게 왔으니까……."

그런 대화를 나누면서 나는 쓰네코 씨의 한숨의 의미를 생각했다.

쓰네코 씨의 한숨이 무엇을 뜻하는지는 투어 사흘째, 베네치안 글래스의 메카 무라노 섬에 있는 공장을 견학하면서 겨우 알았다.

공장 바로 옆에 있는 샵에서 3천 엔짜리 펜던트를 여섯 개나 집어든 순간이었다. 쓰네코 씨는 더 이상은 입 다물고 있지 못하겠다는 험악한 눈빛으로 내게 말했다.

"말이지……. 그, 노리코 말이야."

한숨을 한 차례 쉬고, 쓰네코 씨의 말문이 터졌다.

"어제부터 노리코 행동을 지켜보고 있는데."

"네?"

"이거 다 쓸데없는 거잖아."

"네? 쓰, 쓸데없는 거라고요?"

"그렇지! 아니 어제 산 그 가면, 그건 뭐야? 그런 거 사서 일본 가면 어디다 쓸 건데?"

"쓴다기 보다는…… 여행 왔으니까, 그냥 기념으로."

"정말 머리가 안 돌아가네. 그런 거 사 들고 일본에 돌아가 봐야, 결국은 벽장에나 처박아 둘 거 아냐. 돈을 좀 더 효율적으로 쓰라고. 그리고 그건 또 뭐야? 지금 노리코가 손에 들고 있는 펜던트, 대체 몇 개야?"

"아, 이건 선물하면 좋을 것 같아서……."

"선물? 누구한테, 누구한테 그렇게 많이 주냐고?"

누구한테?

그러고 보니 그렇다. 나는 누구에게 주려고 어제부터 이렇게 많은 선물을 사고 있는 것일까. 생각해 보지도 않았다.

"부모님하고 할머니, 친척들한테도 주고, 사촌동생에 회사 사람들……."

나는 생각나는 대로 적당히 둘러댄다.

"아유 정말! 속 터진다 속 터져. 애인한테 사다 줄 거라면 몰라도, 애인은 없다지, 그런데 부모님에 할머니, 사촌동생? 그런 사람들한테 선물 사다 주려고 베니스까지 온 거 아니잖아? 회사 사람들은 초콜릿이나 사다 주면 땡이고. 돈은 자기를 위해서 쓰는 거야. 알겠어? 그게 해외 여행의 철칙이라고! 나도 펜던트는 살 거지만, 물론 나를 위해서야. 내가 내 목에 걸려고."

"네에……."

"알았으면, 그 펜던트 하나만 사. 그리고 지금 이 자리에서 목에 걸고."

"네."

해외 여행의 달인, 쓰네코 씨 앞에서는 그녀를 따를 수밖에 없었다.

하지만.

쓰네코 씨 말대로 짙푸른 유리 펜던트를 목에 거는 순간, 왠지 조금은 행복한 기분이 든 것은 분명했다.

돌아오는 수상버스에 몸을 실었다. 유리에 비친 물의 도시 베니스의 풍경이 정말 반짝반짝 빛났다. 안 그래도 아름다운 세피아색 거리가 짙푸른 유리와 어울려 무지개 같은 색채를 띠었다.

"여러분, 이 시간 이후에는 각자 자유행동을 할 텐데, 베니스는 길을 잃기 쉬운 곳입니다. 골목길을 제대로 알고 있는 사람은 현지인들 뿐입니다. 그러니까 너무 좁은 골목길로 들어서면 헤매기 십상입니다. 만약 길을 잃으면, 무조건 산 마르코 광장으로 나오세요. 호텔이 산 마르코 광장 바로 근처에 있으니까요. 그럼 여러분! 즐거운 시간 되십시오!"

오후 4시, 투어 일행은 리아르트교 부근에서 해산했다. 그런데 산책을 시작한 지 20분도 채 지나지 않아 나는 보란듯이 베니스의 미로에 빠져들고 말았다. 가이드가 길을 잃지 않도록 조심하라고 그렇게 입이 마르도록 주의를 주었건만. 아아, 가이드의 말을 좀 더 착실하게 들을 걸, 하고 후회하기에는 이미 때가 늦었다.

낯선 이국에서 혼자 움직이다 보면 불안감만 증폭된다. 아무리 걸어도 원래 자리로 되돌아가지 못하는 경우도 있고, 반대로 같은 장소를 맴도는 경우도 많다. 눈앞으로 흐르는 물길에 눈길을 빼앗겨 가고 싶은 장소에 가지 못한다. 그때 가이드가 한 말이 떠올랐다.

"만약 길을 잃으면 무조건 산 마르코 광장으로 나오세요."

하지만 그것조차 내 마음 같지 않았다. 베니스란 도시의 거리 구조는 그렇다.

여기저기 길을 안내하는 노란 화살 표시가 있지만, 별로 믿을 것이 못 돼 보인다. 할 수 없이 가이드북을 한 손에 들고 꽃가게 아저씨와 제라트 가게 아줌마에게 산 마르코 광장까지 가는 길을 물어 본다. 숙박할 호텔의 이름을 대고 가르침을 구하기도 했다. 하지만 이탈리아 사람들은 과장된 몸짓으로 이탈리아 말만 늘어놓으니, 나는 더욱더 혼란스러워진다.

산 마르코 광장, 산 마르코 광장, 산 마르코 광장······.

주문처럼 마음속으로 산 마르코 광장을 되뇌이다가 문득, 이게 무슨 바보짓이람, 하는 생각이 들었다. 이렇게 베니스까지 와서, 그것도 쓰네코 씨에게서 겨우 해방되었는데 좀 더 거리를 즐기면서 느긋하게 산책할 수도 있지 않을까? 나답지 않은 엉뚱한 발상이었지만, 베니스란 이국의 공간이 나를 대담하게 만들었다.

마침 눈앞에 오픈 카페가 있었다. 이탈리아에 오기 전에 참고 삼아 빌려 본 〈여정〉에서처럼, 나는 혼자 카페에 들어갔다.

사방은 온통 커플, 커플. 관광객들이나 현지인들이나 커플, 커플, 커플. 혼자 하얀 테이블 앞에 앉아 있는 내 모습이 한심하기 짝이 없었을 테지만, 나는 〈여정〉의 주인공 캐서린 헵번처럼 테이블에 팔꿈치를 괴고 깍지 낀 두 손 위에 턱을 올려놓고 마치 누구를 기다리는 듯한 포즈를 취했다. 그리고 한 사람을 생각한다. 그 사람이 애인이 아니라 쓰네코 아줌마라 어처구니가 없지만.

무라노 섬에서 돌아오는 수상버스에서 내려, 베니스의 명물 곤돌라를 탈 때였다.

"노리코, 저기 노 젓는 곤돌라 아저씨, 어때?"

곤돌라에 올라타자마자, 쓰네코 씨는 내게 속삭였다.

"어떠냐뇨?"

"아이 눈치 없긴. 그야, 노리코 애인으로 어떻겠냐는 거지."

또 시작이야?

"아니, 좀……."

"보라고. 보더 셔츠에 빨간 스카프, 그리고 사브리나 팬츠. 은근히 세련됐잖아. 역시 이탈리아 사람들은 다르다니까."

"저, 비행기에서도 말했지만, 난, 외국 사람은……."

"아아, 아깝다. 아까부터 칸소네 같은 노래 부르고 있는데. 사귀면 굉장히 재밌을 텐데."

"나는, 그냥 보통 남자면 충분해요."

"보통 남자? 그게 뭔데?"

"…… 그냥 보통 남자요. 그러니까 일본 사람이고, 평범하게 회사에 다니는, 그런 친근한 사람이 좋아요."

"참, 꿈이 없는 여자네. 해외 여행이야, 좀 더 대범해지면 누가 뭐라고 한데? 아아, 정말 재미없다."

쓰네코 씨는 맥 빠진 표정으로, 이탈리아 사람처럼 어깨를 으쓱하며 두 손바닥을 위로 치켜들었다. 하지만 고

맙게도 곤돌라에 타고 있다는 상황 쪽으로 관심이 옮아 갔는지, 더 이상의 억지는 부리지 않았다.

"정말 이렇게 꼬불꼬불 복잡한 물길을 잘도 나간다. 이탈리아 사람들, 대체 무슨 생각으로 이런 도시 만들었을까. 그래도 왠지 역사 속의 실제 인물이 된 듯한 기분이네. 정말 멋지다! 곤돌라!"

쓰네코 씨는 갈수록 기분이 좋아져, 오래된 건물의 그림자가 아른거리는 물길과 파란 하늘 아래 끝없이 이어지는 돌담을 바라보느라 정신이 없다.

그런데 그런 쓰네코 씨에게 찬물을 끼얹듯 제일 앞에 앉아 있던 커플이 말다툼을 시작했다. 그리고 끝내 여자가 울음을 터뜨렸다.

곤돌라의 분위기가 단박에 무거워진다. 빨간 스카프를 맨 노잡이도 무슨 일이냐는 듯 어깨를 으쓱했다. 그때, 보다 못한 쓰네코 씨가 천천히 일어섰다.

"아줌마, 그냥 내버려두세요."

쓰네코 씨를 말렸지만, 그녀의 귀에 내 말이 들릴 리 없다. 쓰네코 씨가 일행들 사이를 헤치고 쑥쑥 앞으로 나간다. 곤돌라가 체중의 이동으로 흔들리자, 쓰네코 씨는 쭈그리고 앉아 여자에게 설교를 늘어놓았다.

"당신 말이지."

나는 사태가 더 악화되지 않기를 기도하는 마음으로 지켜보았다.

"이 여행 첫날부터 나 유심히 봤었는데, 당신, 너무 자기 생각만 하는 거 아냐?"

아니나 다를까, 갑작스런 참견에 남자가 당신이 무슨 상관이냐는 표정을 짓는다.

하지만 쓰네코 씨는 물러서지 않는다.

"무슨 일이 있었는지는 모르겠지만, 이 사람, 당신한테 꽃 선물하려고, 아까부터 찾아다니더라고."

쓰네코 씨는 그렇게 말하고는 남자에게 슬쩍 윙크를 하더니, 등 뒤에 숨기고 있던 새빨간 장미 한 송이를 여자 모르게 재빨리 건넸다.

남자가 느닷없이 장미 한 송이를 쑥 내밀자 여자는 "어? 나한테 주는 거야?"라고 놀란 목소리로 말하면서, 수줍게 꽃을 받아들었다.

"어어…… 뭐, 그러니까……"

사태가 뜻밖의 방향으로 수습되자 남자는 당혹스러움을 감추지 못했지만, 몇 분 지나지 않아 두 사람의 거리는 조금씩 좁혀졌다. 꽃을 받은 그녀의 기분이 풀린 것이다.

정말 감탄한 나는 자기 자리로 돌아온 쓰네코 씨에게

말했다.

"쓰네코 씨, 어느 틈에 장미를 산 거예요?"

"우후후, 그건 기업 비밀!"

꽃 파는 사람들을 여기저기서 보기는 했지만, 쓰네코 씨의 마술은 과연 오랜 세월의 내공 덕이라 해야 할까.

노잡이가 "획" 하고 쓰네코 씨에게 휘파람을 불었다. 그 휘파람에 키스를 날려 답하는 쓰네코 씨의 모습을 보면서 내 마음에 백전연마의 철녀를 보는 듯한 존경심이랄까, 아무튼 묘한 감정이 싹트기 시작했다.

투어버스에 올라타자, 베니스와는 이제 이별이라는 아쉬움이 짙어졌다. 운하와 좁은 돌길밖에 없는 베니스의 교통 수단은 배와 도보뿐, 차가 다니지 않기 때문이다.

누가 뒷덜미라도 잡아당기는 듯한 기분으로 창밖에 펼쳐지는 이탈리아의 시골 풍경을 멍하니 바라보고 있는데, 쓰네코 씨가 소매를 잡아당겼다.

"도착하면 가는 거야."

그녀의 단호한 목소리가 나의 감상을 날려보냈다.

"네? 가다니 어딜?"

"그야 구찌하고 프라다지. 여긴 이탈리아야. 그리고 다음 행선지는 밀라노고. 구찌하고 프라다 정도는 봐야

지, 안 그래?"

"관광은 어쩌고."

그러고 보니, 앞줄에 앉은 여자 4인조는 아까부터 브랜드 상품 얘기로 시끌벅적하다. 코모 호(湖)쪽에 있는 아울렛 샵에도 가고 싶다고, 가이드와 의논까지 하고 있다.

"관광? 그야 물론 두오모니 왕궁이니, 산타 마리아 델레 그라치에 교회니, 최소한의 관광은 하지. 하지만 밀라노야, 밀라노. 세계의 패션을 주도하는 패션의 성지라고. 알아?"

눈썹을 치켜올리고, 쓰네코 씨는 '패션'이란 단어를 몇 배의 음량으로 강조한다.

"그야, 알죠……."

"혹시, 돈 떨어져서 불안해서 그래? 그럼 카드로 사면 되잖아, 카드로. 회사도 집에서 다닌다니까, 모아둔 돈 있을 거 아냐."

"아니, 별로……."

"아니지, 절대 없을 리가 없지. 자기를 위해서 쓰는 거 없잖아. 해외 여행도 처음인 것 같고, 그렇다고 무슨 특별한 취미가 있는 것 같지도 않고."

"……."

할 말이 없었다. 회사 후배들은 그렇다 치고, 엄마하고 나이 차이도 별로 없는 아줌마에게도 내 꼴이 그렇게 한심하게 보였나 하고 생각하니, 기가 차고 창피해서 쥐구멍에라도 기어들어 가고 싶은 심정이었다.

"사흘 동안 생각한 건데, 노리코 그 속옷 말이야, 뭐냐고? 할머니들이나 입는 팬티잖아."

"……."

"그리고 빨래를 하는 것 같지도 않고. 난 목욕탕에다 줄 걸어 놓고 속옷 빨아서 널잖아. 노리코도 널라고 절반이나 남겨두었는데, 왜 안 빨아?"

"여행 날짜 수에 맞춰서 다 가져 왔으니까……."

"기가 차서! 호텔에 돌아와서 그때그때 빨면 짐도 줄고, 그만큼 쇼핑을 할 수 있잖아! 그 정도는 해외 여행의 상식이라고, 상식."

"상관없어요. 팬티하고 브래지어, 스타킹까지 다 헐어 빠진 것 가져왔으니까, 그냥 버리면 되요."

그러자 쓰네코는 정말 한심하고 어이가 없다는 듯이 긴 한숨을 내쉬었다.

"정말, 어디 한 군데 봐줄 데가 없네. 여자란 몇 살이 되든 속옷에는 신경을 써야 하는 생물이라고. 그런데, 부실부실한 할망구 러닝 입고, 여행지에서 멋진 만남이라도 생기면 어쩔 거야!"

31

"그런 거 기대 안 해요."

"그러니까 안 된다는 거지. 지금 노리코 꼴이 노리코의 마음가짐을 그대로 보여 주고 있다고. 남자도 없고 패션은 엉망이고. 머리는 그냥 늘어뜨린 대로고. 그런데다 속옷까지 그 모양이고. 어디 한 군데라도 봐줄 데가 있어야지."

나는 할 말이 없어 입을 꾹 다물고 있지만, 쓰네코 씨의 맹공격은 거기서 그치지 않는다.

"그리고 그 구두. 워킹 슈즈로 보이면서도 약간 굽이 있어서, 관광 때도 신고 디너 파티 때 신어도 괜찮을 것 같은 그 구두. 그런 구두는 요즘 현역에서 은퇴한 아줌마들밖에 안 신는 거라고, 참 내. 대체 그런 걸 어디서 산 거야?"

"요시노야에서 샀는데요. 이 구두, 그래도 발이 편해서 오래 걸어도 괜찮으니까, 내가 좋아하는 건데……."

"요시노야? 노리코, 미안한 말이지만, 그런 구두는 노리코 같은 나이에 신는 구두가 아니야. 이것도 아니고 저것도 아닌 구두 한 켤레로 다니지 말고, 드레스를 입을 때에는 거기에 맞는 구두, 걸어다닐 때는 스니커즈나 뭐 그런 걸 신으라고. 이탈리아 사람들은 그런 센스는 정말 기가 막히다니까. 과연 패션의 나라야."

또 '패션'에 강세를 주고, 목청을 돋우어 연설한다.

"그리고 노리코, 디너 때 입을 드레스나 원피스 한 벌 정도는 가져 와야지. 이탈리아에 오는데, 그 정도 배려는 기본적인 매너야, 매너."

시시콜콜 들춰내는데, 나는 찍소리도 못하고 있다.

"밀라노 관광 끝나면, 우선은 프라다나 구찌에서 구두를 사는 거야. 그리고 적당한 셀렉트숍에서 드레스를 사고. 알았지?"

역시 오지 말 걸 그랬다.

쓰네코 씨에게 거의 납치되다시피 두오모 역 근처에 있는 프라다로 끌려간 나는, 점내로 들어서는 순간 우울해지고 말았다.

기가 팍 죽을 만큼 세련된 실내 군데군데에 띄엄띄엄 옷과 구두와 핸드백이 놓여 있는 드넓은 공간. 어느 모로 보나 촌스러운 관광객 행색인 나와는 너무 동떨어진 세계였다. 프라다 양복을 말쑥하게 차려 입은 남자 점원의 시선에서, 지금의 내가 얼마나 두드러지는 존재인지를 통감한다.

"노리코! 이거 이거, 백 스트랩에 힐 높이도 적당하고. 가느다란 힐이 올해 유행이야! 얇은 분홍색도 지금 유행하는 색이고, 디자인도 괜찮고. 이거 신으면 디너 파티에 나가도 절대 부끄럽지 않을 거야."

쓰네코 씨는 나의 겁먹은 표정 따위 안중에도 없다. 그리고 분홍색 구두를 들고 마치 보석이라도 어루만지는 듯한 손길로 내게 보여 주었다.

"그야 뭐, 그렇겠지만……"

나는 애매하게 대꾸한다. 내가 정말 이런 걸 살 수 있을까? 산다고 한들, 일본에서는 신을 일이 없다…….

"콴토 코스토?"

하지만 그런 나의 동요를 알리 없는 쓰네코 씨는 벌써 점원에게 가격을 묻고 있다.

"노리코, 노리코. 이 구두, 일본 돈으로 하면 4만 엔 정도래. 일본에서 사면 더 비쌀지도 모르잖아. 아니, 일본에 수입 안 될지도 모르지. 이건 살 수 밖에 없다, 그치?"

4만 엔?

4만 엔으로 뭘 할 수 있을까? 자신에게 묻는다.

그런데 막상 4만 엔을 어디다 쓸까 생각하니, 어찌된 셈인지 아무 것도 떠오르지 않았다. 옷? 핸드백? 뷰티 살롱? 아니면 프랑스 요리 풀 코스? 아니, 그런 것에다 거금을 쏟은 적은 한 번도 없다.

그런 생각을 하자 스스로도 참 따분한 인생을 살아왔다 싶고, 이십대에 아줌씨라 불려 마땅한 자신을 저주하고 싶은 기분이었다.

"노리코, 뭘 망설여? 베니스에서도 내가 말했잖아. 돈은 자기를 위해서 쓰라고. 베니스에서 펜던트 목에 걸었을 때, 노리코가 얼마나 행복해 보였는지 알아? 그건 말이지, 자기를 위한 쇼핑을 했기 때문이라고."

쓰네코 씨의 그 말에 나는 목에 걸린 펜던트를 살며시 만져보았다.

자기를 위한 쇼핑이라.

지금까지 별볼일 없었던 자신을 리세트할 수도 있을 갈림길.

그러자 손바닥 안에 쏙 안긴 그 조그만 유리 덩어리가 내게 마법이라도 걸 듯이 낮은 소리로 속삭였다.

눈 딱 감고 사.

"알았어요. 살게요. 나, 이 구두 살래요!"

쓰네코 씨가 곁에서 만족스럽다는 듯이 미소지었다.

PRADA란 글자가 커다랗게 찍혀 있는 쇼핑백을 어깨에 메고 이번에는 몽테 나폴레오레 거리까지 걸어가 구찌의 문에 들어섰다.

쓰네코가 우아한 미소로 구찌 양복을 입은 도어맨에게 신호를 보내자, 잡지에서 막 튀어나온 모델만큼이나 멋진 도어맨이 문을 열면서 우리에게 싱긋 미소지었다. 여행을 하면서 몇 번이나 마주친 이탈리아 남자의 미소였다.

빵가게 아저씨, 꽃가게 아저씨, 호텔 맨, 시장에서 물건 파는 오빠들……

수많은 이탈리아 남자들의 미소를 보았지만 그 중에서도 구찌의 도어맨은 가장 완벽한 최고급 미소를 보여 주었다.

나는 그 최고급 미소에 답하여, 지금까지 한 번도 사용한 적 없는 안면 근육을 구사하여 부자연스럽지만 그나마 꼴을 갖춘 미소를 짓는다.

그에게 그 일련의 동작은 극히 일상적인 것이겠지만, 쓰네코 씨의 등 뒤에 숨어 바짝 졸아 있는 나는 위궤양을 일으킬 만큼 긴장하고 있었다.

그런데 쓰네코 씨는 "봉 조르노!"라고 하이 소프라노로 인사까지 하고는 또각또각 힐 소리를 울리며 실내로 들어가, 똑바로 코트 매장으로 걸어갔다.

"이것 좀 봐, 노리코. 이 가죽 코트! 어쩜, 이 광택, 이 감촉. 정말 부드럽다. 최고급 소재의 이 느낌. 아아, 사고 싶다!"

구찌의 문에 들어서서 상품을 만져보기까지, 그 유연하고 화려한 몸짓에 나는 그저 가슴이 두근거릴 뿐이었다.

그런데 정작 쓰네코 씨는 태연하게 이런 말까지 한다.

"나, 이것 좀 입어 볼래. 포소, 풀발로?"

근처에 있던 여자 점원에게 그렇게 말하자, 그녀는 "씨!"라면서 조르륵 달려왔다.

그런데, 그때.

계산대 안 쪽에 있는 조그만 방 같은 곳에서 "퐁!" 하고, 어디선가 들어본 듯한 소리가 울렸다. 그러자 코트를 걸친 쓰네코 씨가 가죽 특유의 냄새를 풍기며 거울 앞에서 빙글 한 바퀴 도는 포즈를 취하더니, 내 귀에 얼굴을 대고 속삭였다.

"들었어? 이제 곧 올 거야."

"네? 오다니, 뭐가 오는데요?"

"아아, 오면 알아. 앗, 저기, 왔다 왔어."

쓰네코 씨가 턱을 치켜들고 내 등 너머로 시선을 보낸다. 나는 뒤돌아 쓰네코 씨의 시선을 좇는다.

"에? 샴페인?"

"샴페인이 아니지. 여기는 이탈리아니까 스파클링 와인은 스프만테라고 해야지. 자기도 한 잔 받아."

"샴페인이든 스프 어쩌고간에 같은 거잖아요! 술까지 나오면, 안 살 수도 없잖아요!"

나는 거의 울먹인다.

"촌스럽긴. 여기서 주는 건 다 공짜야. 물론 옷을 입어 보는 것도 공짜고. 그러니까 안 마시면 오히려 손해지, 안 입어보면 후회하고."

아무리 공짜라도 그렇지. 나는 가슴이 조마조마하고 두근거려 오금이 다 저렸다.

"좀 보고 배워? 나는 꼭 살 사람이라고, 그런 오라를 발하면서 가게에 들어서야 이런 대접도 받는 거야. 안 사도 상관없어, 그런 오라만 있으면. 다음에는 노리코도 그렇게 해 봐."

나는 "말도 안 돼요!"라고 큰 소리를 지르면서 고개를 푸르르르 옆으로 젖는다.

결국 핸드백을 산 쓰네코 씨에게서 "노리코는 안 사도 괜찮은데"란 소리까지 들었지만, 스프 뭐 어쩌고 하는 것을 터뜨리게 한 책임감에 조그만 지갑을 사 들고 구찌에서 나왔다.

구찌에서 돌아오는 길, 아담한 부티크에서 프라다 구두에 어울리는 파스텔 핑크색 드레스를 샀다. 물론 쓰네코 씨가 권해서다.

평생 살 것을 다 산 듯한 기분이었다. 호텔에 도착한 나는 쓰네코 씨가 샤워를 하는 동안 침대 위에다 오늘 산 전리품을 죽 늘어놓았다.

펜던트, 구두, 지갑, 드레스.

겨우 네 가지 뿐인데도 그것들은 지금까지 느껴본 적 없는 흥분감과 화사함을 내게 선사해 주고 있었다.

자기를 위한 쇼핑이라.

그 밤에서야 나는 쓰네코 씨의 말이 무슨 뜻이었는지 이해했다. 그리고 그것은 내 안의 무언가가 변하기 시작한 전조였다.

"드레스나 구두나, 이 밤을 위해서 산 거라고."

이탈리아에서 보내는 마지막 밤, 우리는 쓰네코 씨의 제안으로 '세빌리아의 이발사'를 보러 스카라 극장에 가기로 했다.

"그럴려면……."

점심 때 피자를 먹으면서 나는 쓰네코 씨의 말을 기다렸다.

"우선, 그 머리 스타일부터 어떻게 해야겠다."

"머리 스타일이요?"

"노리코 아직 젊은데, 그 답답한 앞머리 깔끔하게 올리고 얼굴을 드러내. 그럼 훨씬 어려 보일 거야."

넷? 앞머리를 올려요!?

중학교에 다닐 때부터 타인의 시선을 피하기 위해서

앞머리를 길게 늘어뜨리고, 그 머리카락 사이로 슬금슬금 타인의 태도를 엿보면서 살아온 나에게 그건 지나친 주문이었다.

"올린다고요? 나, 핀이나 고무줄 같은 거 없는데……."

앞머리를 올리지 않아도 될 이유를 찾아본다.

"누가 제 손으로 하래? 머리하러 가자고, 미장원에."

"넷? 미장원에요?"

"그래. 외국 살롱이 어떤 줄 알아. 일본하고는 비교도 안 되게, 정말 혼이 쏙 빠지도록 멋진 스타일로 세트를 해 준다고. 알았어? 알았으면 이거 먹고 빨리 가자."

"세뇨리따!"

휘파람 소리와 함께 왼쪽에서 목소리가 날아온다. 스물여섯 번째다. 나는 고개를 왼쪽으로 돌리고, 생긋 미소짓는다.

"세뇨리따!"

이번에는 오른쪽에서. 스물일곱 번째 휘파람 소리에 나는 또 오른쪽으로 고개를 돌리고 생긋 웃는다. 호텔을 나서서 디너를 끝내고 스칼라 극장에 가는 동안, 내내 그랬다.

그렇다. 머리를 하고 드레스를 입은 나는 지금, 밀라노의 모든 남자에게 인기 최고다.

남자들의 눈길에 나는 바로 몇 시간 전에 마스터한 '완벽한 미소'로 답한다. 어제 구찌의 도어맨이 보여 준 완벽한 미소처럼.

앞머리를 폼바도르로 올리고 남은 머리를 가늘게 꼬아서 핀으로 고정하고, 꼬아서 핀으로 고정하고, 꼬아서 핀으로 고정하고, 업 스타일의 머리 꼭대기에서 아래로 줄줄이 꽂혀 있는 빨간 장미, 장미, 장미, 장미의 퍼레이드다.

쓰네코 씨가 솜씨를 부린 화장까지, 내 모습은 마치 공주님이 된 듯한 착각을 불러일으킬 만큼 변했다.

"노리코, 우리 지금 밀라노에서 가장 인기 있는 여자 2인조 아닐까?"

머리를 틀어 높게 올린 쓰네코 씨가 그렇게 말하면서 선글라스를 집게손가락으로 폼나게 치켜올리더니, 터져 나갈 듯이 웃는다.

"무슨 말씀을요, 쓰네코 씨가 아니라 제가 인기 있는 거죠."

"제법인데, 노리코! 누가 너를 이렇게 멋지게 만들어 줬는지, 잊은 모양이지! 아까까지만 해도 눈썹도 들쭉날쭉 촌닭 같았던 주제에!"

"호호호, 농담이에요!"

"어라, 오늘은 꽤나 세게 나오는데."

'그럼요, 이게 다 누구한테 배운 건데요' 라는 말은 꿀꺽 삼키고, 웃었다.

오늘, 몇 번째 웃는 것일까. 마음속에서 우러나오는 웃음, 웃을 때마다 조금씩 지금까지의 나를 토해내는 듯한 기분이었다.

겉모습만 바꾸었는데, 이렇게 인격까지 바뀌다니……. 도무지 믿겨지지 않는 일이었다.

목욕탕에서 머리에 꽂은 몇 십 송이의 장미를 한 송이씩 빼내고, 샤워를 하고, 침대에 누운 나는 분주했던 오늘 하루를 반추하고 있다. 몸이 아직도 뜨겁다.

쓰네코 씨의 체력은 정말 그 끝을 알 수 없다. 이탈리아어로 공연되는 오페라를 세 시간이나 보고, 한밤의 12시에 스칼라 극장에서 돌아오는 길, 포도주를 가볍게 한 잔하자는 쓰네코 씨를 따라 딱 한 잔만 마시자고 약속하고 카페 암브로시아노에 들렀다. 비행기에서 만난 스튜어드 엔쪼 씨가 권한 술집이었다.

"왜 그렇게 안달해. 내일은 아침에 일어나서 비행기만 타면 되는데. 마지막 밤이잖아, 좀 더 느긋하게 이 밤을 즐기자구."

"그래도, 난 오늘 안 하던 짓을 해서 그런지, 굉장히 피곤한데……."

그때 쓰네코 씨의 표정이 갑자기 변했다.

"어, 왜 그러는데요?"

마치 먹이를 노리는 맹수처럼 눈을 번뜩이며 쓰네코 씨가 외쳤다.

"노리코 노리코! 저기, 저 끝에 앉아 있는 사람, 엔쪼 씨 맞지? 맞지? 틀림없지?"

나는 미덥지 못하다는 표정으로 쓰네코 씨가 가리키는 방향으로 눈길을 돌린다.

"그래요? 난, 얼굴이 잘 기억나지 않는데. 게다가 우리를 어떻게 기억하겠어요, 엔쪼 씨가?"

"난 한 번 본 남자의 얼굴을 절대 잊어버리지 않거든. 기억 못하면 기억하게 하면 되지. 자, 어때? 노리코."

또 시작이다. 쓰네코 씨의 "어때?" 공세.

"또예요? 난, 어떻고 자시고 할 것 없는데."

"그래, 그럼 내가 가지. 자, 안녕. 먼저 가, 노리코."

정말이지 쓰네코 씨의 파워와 체력과 그 탐욕스러움에는 그저 고개가 숙여질 따름이다.

그런데 혼자 남자, 은근히 걱정스러워졌다. 쓰네코 씨

가 아니다. 엔쪼가 걱정스러웠다. 상대가 세계 제일의 난 봉꾼이라는 이탈리아 남자라고는 하지만 설마 어머니뻘 이나 되는 쓰네코 씨에게 손을 댈 리는 없을 것 같았다. 하지만 쓰네코 씨라면 엔쪼 씨를 덮칠지도 모른다. 그리 고 "어때?"라고 물을 때 번뜩거리던 쓰네코 씨의 눈길.

시계를 보니 새벽 3시가 넘었다.

예순을 바라보는 여자가 새벽 이슬을 밟는다?

서른을 바라보는 나이에 그런 염문 하나 없는 내 신세 를 생각하니, 조금은 부럽기도 했다.

그런 두서없는 생각을 하고 있는데, 찰칵찰칵 소리가 나면서 문이 열렸다. 쓰네코 씨가 콧노래를 흥얼거리며 돌아온 것이다.

"노리코, 이것 좀 봐! 이 꽃, 엔쪼 씨가 사 줬다!"

기분좋게 취한 쓰네코 씨의 희열에 찬 표정.

엔쪼의 무사함을 확인하는 순간, 온몸이 나른해지면서 말하기조차 힘들었다. 간신히 "아아, 좋았겠네요"라고 대꾸한다.

"왜 그래? 삐진 거야? 그렇게 풀이 죽어 있게."

"아니오, 좀 피곤해서……."

더 이상 설명할 기운도 없었다. 나는 몸을 뒤척여 반대 로 누웠다.

"어어, 노리코, 괜찮아?"

놀라 침대 곁으로 뛰어온 쓰네코 씨가 내 이마를 짚어
본다.

"이런, 펄펄 끓네! 얼음 얻어 올 테니까, 좀 기다려!"

"저런, 그랬어…… 에그 가엾어라."

새벽 4시 반. 얼음물에 적신 타월을 15분 간격으로 갈
아주는 쓰네코 씨의 친절에 감격한 나는 이 투어에 참가
한 이유를 시시콜콜 털어놓았다.

회사 여직원 중에서 제일 나이 많은 노처녀라는 것. 후
배들이 아줌씨라고 험담을 한다는 것. 오는 말이 곱지 않
아 가는 말이 그만 '황금연휴에 이탈리아에 간다'고 나
오고 말았다는 것. 말은 그렇게 했지만 연휴 직전이라 티
켓이 없어서 이 투어말고는 선택의 여지가 없었다는 것.
그리고 여행은 애인과 함께 간다고 거짓말을 했다는 것.

"동기하고 선배들은 결혼해서 다들 퇴직해 버렸어요.
살림하고 애 키우느라 다들 바쁜 것 같지만, 그래도 그
런 게 좀 부럽기도 하고……."

"하지만 노리코, 사회에 나가서 일도 하고 그래야지,
안 그러면 여자는 점점 뒤떨어지고 늙어. 아마 지금 선
배들 만나면, 어떻게 된 건가 싶을 정도로 다들 아줌마

가 돼 있을 걸. 노리코처럼 일을 계속할 수 있다는 게 얼마나 행복한 지 알아?"

"그럼 쓰네코 씨도 무슨 일 하나요?"

"나? 내가 전업주부로 보여? 하기야 결혼도 했고, 자식도 있지만, 그냥 전업주부로만 지냈으면 이렇게 젊게 살 수 없지."

"그렇겠죠. 쓰네코 씨는 체력도 왕성하고 기력도 펄펄하고. 이십 대인 저도 당해내지 못하는 걸요. 무슨 일 하는데요?"

"우후후, 뭘 거 같아?"

"글쎄요……."

"화장품 방문 판매. 판매 실적 최고의 영업 레이디."

"아아, 그래서 화장을 그렇게 잘 하는 거로군요. 난, 마스카라니 아이라인이니, 어려워서 잘 못하는데……."

"그건, 다음에 전문가의 기술을 전수해 줄테니까 걱정마. 후배들 눈이 다 휘둥그레질 걸. 이제 얘기는 그만하고, 자자. 열 내리는 데는 잠이 특효약이니까."

쓰네코 씨에게 모든 것을 털어놓아 마음이 가벼워진 나는 나도 모르게 잠에 빠져들었다.

이렇게 해서, 우리는 무사히 나리타공항으로 향하는

비행기에 올랐다.

'무사히'라고 하면 어폐가 있을지도 모르겠다.

아침, 열이 내리면서 기운이 솟은 나는 비행기에 오르기 직전까지 쓰네코 씨의 엉뚱한 계획에 휘말려 이리저리 끌려 다녔다. 물론 모두가 나를 위한 것이었지만.

쓰네코 씨는 후배들에게 앙갚음을 하라면서, 곤돌라 사건의 남자를 애인으로 위장시켜 두오모와 갤러리에서 증거 사진을 찍었다. 그렇게까지 안 해도 상관없었는데, 쓰네코 씨가 어떻게 구어 삶았는지 곤돌라의 남자나 여자나 신이 나서 협조해 주었다. 그리고 마지막에는 네 명이서 최후의 만찬, 아니 최후의 점심을 먹었다.

스튜어디스가 서비스해 주는 음료수를 마시면서 이제 안심이라고 생각하는 순간, 쓰네코 씨가 또 내 소매를 잡아당기면서 뭐라고 소근거리기 시작했다.

"나, 아까부터 생각하고 있었는데……."

"이번에는 또 누구를 갖다 붙이려고요?"

"오늘은 꽤 날카로운데. 맞아, 저 가이드는 어때?"

쓰네코 씨는 엄지손가락으로 저 앞자리에서 꾸벅꾸벅 졸고 있는 가이드를 가리켰다.

"그, 어때란 말, 이제 그만하세요. 눈에 보이는 남자란 남자는 다 나한테 갖다 붙이려고 하지 말라고요."

나는 단호하게 말한다.

"왜, 친절하고 좋잖아? 싫어?"

쓰네코는 코맹맹이 소리로 묻는다.

"나, 살찐 남자는 싫어요."

"그렇게 살찐 편도 아닌데 뭘."

"아무튼, 내가 좋아하는 타입이 아니에요."

"와, 노리코, 의외로 까다롭네. 그리고 말투도 딱 부러지고. 처음에는 훨씬 더 얌전했는데 말이야."

그야 쓰네코 씨가 나를 그렇게 바꿔 놓았으니까 그렇죠.

바로 옆에 있는 아줌마에게 마음의 목소리로 감사를 보낸다.

"그럼, 다음에 우리 말레이시아에 안 갈래?"

"같이요?"

"뭐야? 그 말투는. 나하고 같이 가기 싫다 이거야?"

"아니, 다음에는 애인하고 같이 갈까 싶어서요."

그렇게 대답하자 쓰네코 씨는 놀란 표정으로 나를 쳐다보았다.

"왜요?"

"아, 아니, 그냥."

그렇게 당황하는 쓰네코 씨는 처음 본다. 쓰네코 씨가

풋, 하고 웃음을 터뜨리더니 내 어깨를 탁 쳤다.

"이제 걱정없네."

"네?"

이런 식이니, 쓰네코 씨는 그 속을 알 수 없다. 하지만 활짝 웃는 주름진 얼굴을 보면서, 아줌마 친구도 나쁘지는 않네, 하고 생각했다.

'이제 걱정없네' 란 말의 의미를 안 것은 이튿날 나리타공항에 도착하고 나서였다.

나는 이미 낡아빠진 요시노야의 구두를 신고 있지 않았다. 매니큐어를 바른 발톱 위에서 프라다 구두가 빛났다. 등을 쫙 펴고 또각또각 힐 소리를 울리면서 도착 로비를 경쾌하게 걷는다.

7일 전, 같은 장소에서 침울한 표정으로 고개를 푹 숙이고 여행을 떠났던 내가 모든 것을 후련하게 떨쳐 버리고 다시 이 자리에 선 것이다.

그랏체, 이탈리아.

그랏체, 쓰네코 씨.

마음속으로 그렇게 중얼거린다.

"여! 이탈리아에 다녀왔다면서!"

쓰네코 씨가 놀린다.

"치, 쓰네코 씨도 같이 갔다 왔잖아요."

"아 참, 우리 아들이 마중나오기로 했는데. 아직 독신
인데……."

나는 쓰네코 씨가 "어때?"라고 묻기 전에 재빨리 "사
양하겠어요"라고 말한다.

"어머 왜? 우리 아들, 외국인도 아니고, 살도 안 쪘고,
나이도 노리코하고 비슷한데."

"안 돼요, 싫어요. 절대 사양하겠어요. 사사건건 쓰네
코 씨가……."

말을 채 안 끝냈는데, 쓰네코 씨가 갑자기 "오오, 마사
히로!"라면서 출구를 향해 손을 흔들었다.

"어머니, 잘 다녀오셨어요?"

목소리가 나는 쪽으로 고개를 돌리자, 아아, 쓰네코 씨
를 닮지 않아 다행이다!

큰 키에 말쑥한 차림, 총명한 생김생김의 남자가 우리
에게 손을 흔들고 있다. 아니 그는 나의 스트라이크 존
을 정확하게 조준하고 있었다.

쓰네코 씨가 장난스럽게 "어때?"라며 내 팔을 쿡쿡 찌
르고 웃는다.

대답 대신 나는 가볍게 고개 숙여 그에게 인사한다. 어
제 막 마스터한 이탈리아식 완벽한 미소를 띠고.

제곱의 법칙

"입회하실 건가요?"

피트니스 머신 위에서 이마에 번들번들 땀을 흘리며 일사불란하게 지방을 좌우로 흔들고 있는 중년 여성의 모습을 유리창 너머로 바라보고 있는데, 등 뒤에서 젊은 여자의 목소리가 들렸다. 그 목소리에 움찔 놀란 내가 뒤돌아본다.

"넷? 아, 아니······."

짙푸른 카펫이 깔려 있고 전면이 유리인 트레이닝 룸의 반대쪽에 있는 카운터에서 보자니, 멍하니 서 있는 내 모습이 어지간히 한심했던 모양이다.

"시간이 괜찮으시면 견학이라도 하세요. 견학은 아무 때라도 괜찮으니까."

그녀는 영업용 미소를 띠고 시원스런 말투로 이야기한
다.

"아, 저…… 여기, 수영장도 있나요?"

"물론 있죠. 수영을 하고 싶으신가요? 그럼 이쪽으로
오세요, 바로 위층에 있으니까 안내해 드릴게요."

"아, 예, 그럼."

카운터 밖으로 나온 여자 종업원을 따라 종업원 전용
계단을 오른다. 계단을 다 오른 그녀가 문을 연다. 그 앞
이 바로 부드러운 봄의 햇살이 환하게 쏟아지는 4레인에
25미터 풀이었다. 전면은 투명한 유리, 청결한 풀사이드
의 하얀 타일이 파란 바닥과 상큼한 대조를 이루고 있
다. 마치 남국의 해변 같았다.

대충 이십 대에서 육십 대의 사람들이 수영하고 있었
다. 장소가 아오야마인만큼 대부분 젊은 사람들이 아닐
까 하고 걱정했는데, 전혀 아니올시다였다. 서른여덟 살
인 내가 뛰어들어도 그리 기죽지 않을 것 같았다.

여기 정도면 괜찮겠는데.

"실은 수영을 하나도 못하는데, 초급반도 있나요?"

"당연히 있죠. 등록을 하시겠어요?"

"아, 네."

"그럼, 다시 카운터로 내려가시죠."

그 말을 따라, 아까 올라왔던 계단으로 다시 내려간 내게 그녀가 카운터 안에서 입회 신청서를 꺼내 주었다.

"다음 주, 그러니까 4월 첫 주부터 6월말까지 3개월 코스가 있는데요, 어떻게 하시겠어요? 레슨은 매일 있으니까, 요일은 상관없습니다. 편하신 때 오시면 되요. 초급반이 끝날 때면 25미터를 수영할 수 있습니다."

"그럼, 다음 주 화요일부터 시작하고 싶은데요."

"화요일이요? 알겠습니다. 그럼, 여기 화요일하고 초급반 코스의 희망 시간란에 동그라미 표시를 하고, 나머지 사항을 기입해 주세요."

"네."

나는 주소와 이름, 전화번호를 적어 넣고, '1시에서 3시' 란에 동그라미 표시를 해서 그녀에게 돌려주었다.

"입회비 2만 엔에 3개월분 레슨비 3만 엔, 그리고 소비세까지 포함해서 5만 5천5백 엔입니다. 어떻게 지불하시겠어요? 카드 결재도 가능합니다."

"아니오, 그냥 현금으로……."

다행이다. 아오야마에 있는 스포츠센터라 더 비쌀 줄 알고 불안했는데, 이 정도면 해 볼만한 금액이다. 나는 안도의 한숨을 쉰다.

그때, 신청서를 한 손에 든 종업원이 물었다.

"다나카 씨, 연령란이 비어 있는데, 실례지만 나이를 물어도 될까요?"

"아, 서른……."

말을 채 끝내기도 전에 그녀가 "서른 살이시군요. 그런데 나이보다 굉장히 젊어 보이시는데요"라고 놀란 표정으로 말하고는 신청서에 '30'이란 숫자를 써넣고 말았다.

내가 서른 살?

"아니, 그게……."

정정하려 했다. 하지만 '서른 살이 아니고 서른 여덟인데요'라고 하면 안 그래도 동그랗게 뜬 눈이 더 동그래질 것 같고, 더 큰 소리를 내기도 조심스러워 어물쩡 넘어가고 말았다.

뭐, 어때. 까짓 나이쯤 별 문제될 것도 없고.

설마 이때는 여덟 살이나 나이를 속인 것이 돌풍을 일으키리라고는 꿈에도 생각지 못했다.

오랜만에 걷는 아오야마 거리.

스포츠센터에서 나와 아오야마 거리를 혼자 걷던 나는 문득 멈춰 서서, 빌딩의 유리창에 비친 자신의 모습을 보았다. 싱그러운 봄바람에 치맛자락이 휘날리고, 베이지색 재킷 속에서 하얀 블라우스가 춤춘다.

서른 살이라.

여자로 태어나서, 여덟 살이나 젊게 보인다니 기분이 나쁘지는 않다. 왠지 마음이 설레는 나는 18년만에 혼자서 찾은 아오야마 거리를 정처없이 걸어보기로 했다.

남편이 운전하는 차의 조수석에서 차창 너머로 거리를 바라본 적은 몇 번 있었지만, 혼자서 걷기는 아오야마 단기 대학 졸업과 동시에 결혼한 이후 처음이었다.

아무리 그래도 그렇지, 시간이 지날수록 놀람의 연속이었다. 생각해 보면 당연한 일이지만, 거리 구석구석까지 파악하고 있었던 18년 전에는 상상도 못할 정도로 거리의 모습이 변모해 있었다.

방금 전에 등록한 스포츠센터도 그 한 예다. 내 어렴풋한 기억 속에서 그 곳은 너저분한 건물 한 귀퉁이를 차지한 소박한 수영장이었는데, 지금은 새 빌딩에 트레이닝 머신을 종류별로 갖춘 종합 스포츠센터가 되어 있으니.

네즈 미술관이 있는 남 아오야마 부근까지 걸어간 나는 금속성의 광택을 발하는 올리브 그린 색 샌들을 쇼윈도우에 장식한 조그만 부티크 앞에서 걸음을 멈췄다.

"아, 예쁘다……."

이런 가게, 18년 전에는 분명히 없었는데. 그 가련하고 예쁜 샌들에 마음을 빼앗긴 나는 나도 모르게 가게 안으로 발을 들여놓고 말았다.

"어서 오세요."

여자 점원이 차분한 목소리로 인사한다. 고급스런 부티크인지 차림새가 젊기는 해도 요란스럽지는 않다. 나는 그 목소리에 안심하고 쇼윈도우를 가리킨다.

"저기…… 저기 진열되어 있는 샌들……."

"아, 뮬이요. 갖다 드릴 테니까, 천천히 보세요."

앗! 샌들이 아니고 뮬이라고 하는구나. 이렇게 뒤축이 뚫려 있는 구두는.

창피해서 오히려 물러설 수 없게 된 나는 그 뮬을 손에 들고 한참을 바라보고는 신고 있는 갈색 펌프스를 벗고 발가락을 살며시 뮬 안에 집어넣었다. 딱 맞았다. 단박에 발이 가벼워진 듯한 느낌이었다. 후다코타마가와에 있는 다카시마야 백화점에서는 보지 못한 브랜드였다.

"손님, 발이 아주 갸름하네요. 이렇게 선이 가는 디자인이 잘 어울리는데요."

그녀 역시 뮬을 신고 있었다. 발톱은 뮬의 색상에 맞춰 비단 벌레 색으로 반짝이는 매니큐어. 살색 스타킹이 비져나온 내 발하고는 차원이 달랐다.

"이 뮬은 오늘 이탈리아에서 막 수입된 거예요. 도쿄 시내 어디를 가도 아마 이 브랜드 취급하는 곳은 우리

숍밖에 없을 거예요. 강추 품목입니다."

그럼 그렇지, 다카시마야에서는 보지 못한 브랜드다.

"이제 봄이니까, 뮬이 한 켤레 정도 있으면 멋내시기에도 아주 좋고요. 또 이런 색상은 일본 메이커에서는 좀처럼 낼 수 없는 색이에요. 원피스에 맞춰 신으면 봄내음이 물씬 느껴질 거예요."

점원은 안쪽에 있는 라커에서 엷은 황록색 7부 소매 원피스를 꺼내 왔다. 끝자락으로 내려가면서 약간 퍼지는 우아한 디자인이었다.

원피스라. 원피스는 다른 옷과 맞춰 입기가 어려워 오래도록 입지 않았다.

뮬을 신은 나는 점원이 시키는 대로 거울 앞에 섰다. 점원이 내 어깨에 원피스를 갖다 댄다. 정말 귀엽다. 자신이 서른여덟 살이란 것을 까맣게 잊을 정도였다.

"7부 소매는 올해 가장 유행하는 아이템이에요. 허리에 금색 버클이 있는 굵은 벨트를 하면 한결 돋보이죠."

점원이 이것저것 다른 것도 들고 나온다.

"아…… 이 굵은 벨트는 좀 그렇네요."

대체 이 사람, 내가 몇 살인 줄 아는 거야. 이렇게 80년대 같은 복고풍이 유행이란 말야? 이십 대 아가씨도 아니고, 아무리 그래도 이렇게 젊게 꾸미기는 좀 그렇다.

"그러세요? 하지만 손님은 스타일이 좋아서, 이 원피스 잘 어울려요. 시간 여유가 있으시면 사양말고 입어 보세요."

"아, 그럴까요, 그럼."

그래도 부끄럽지 않을 정도로는 옷에 신경을 쓰며 살아왔다. 그런데 나는 그만 "스타일이 좋다"는 점원의 말에 넘어가고 말았다.

원피스를 들고 탈의실로 들어간다. 가격표를 본다. 3만5천 엔. 충동구매를 하기에는 값이 좀 셌지만, "손님, 어떠세요?"란 말에 탈의실에서 나온 나는 점원 옆에 서서 자신의 모습을 거울에 비춰 보지 않을 수 없었다.

"와, 정말 잘 어울리네요! 이 원피스, 사이즈에 비해서 좀 작게 나왔는데, 날씬하셔서 그런지, 딱 맞네요."

"그래요……?"

"벨트가 좀 부담스러우시면, 코사지 같은 것으로 가슴에 포인트를 줘도 좋을 것 같네요."

점원이 이번에는 코사지를 들고 나와 가슴에 달아 준다. 벨트는 좀 부담스러웠는데, 연두색 원피스에 파스텔톤의 황금빛 코사지를 다는 순간, 그 위에 있는 얼굴까지 화사해진 듯한 느낌이었다.

사고 싶다. 지난 십 몇 년 동안, 유행하는 스타일로 꾸며 본 적이 없었다.

스포츠센터에서 서른 살이란 소리를 듣고 조금은 대담
해진 나는 원피스와 뮬과 코사지를 사기로 마음먹었다.
가격은 모두 5만2천 엔. 18년 만에 걷는 아오야마가 부린
마술이었다.

결혼 초부터 18년 동안 살고 있는 사기누마의 집 근처
에 스포츠센터가 없는 것은 아니다. 물론 수영장도 겸비
하고 있다. 그런데 이렇게 먼 아오야마의 스포츠센터에
등록한 것은 나름대로 사연이 있어서였다.

그 가장 큰 이유는, 가족 누구에게도 알리고 싶지 않다
는 것. 우리 가족은 학생 시절 수구 선수였던 남편을 비
롯해서 고등학교 2학년인 딸이나 중학교 2학년인 아들
모두 수영의 달인들이다. 스이도바시에 있는 사립 여자
중학교에 다니는 딸은 입학하자마자 수영부에 들어 방
과 후에는 수영장을 친구 삼고 있고, 아들은 아들대로
초등학교 때부터 동네 수영장에 다니고 있다. 더구나 두
아이 모두 해마다 에노시마 해변에서 아빠에게 수영 '영
재 교육'을 받고 있다.

그런데 남편은 물론 아이들도 "엄마도 수영 좀 배워"
라고 잔소리를 하거나 맥주병 신세를 면하기 해 주겠다

면서 나를 지도해 준 적은 한번도 없다. 수영을 못하는 사람이 시간이 흐른다고 그냥 할 수 있는 것이 아니다.

"엄마는 수영 못 하니까."

"엄마는 짐이나 지키고 있어요."

10년 이상이나 해마다 여름이면 관례처럼 다녀오는 에노시마 해변에서, 나는 늘 그런 매정한 대접을 받으며 반짝이는 모래와 이글거리는 태양 아래 파라솔을 펴놓고 혼자 앉아 있을 뿐이었다.

이렇다 할 불만은 없는 생활이었지만, 그때만큼은 나혼자 소외된 듯한 비참한 기분이 들었다.

하지만 내년에 입시를 치를 아이들의 상황을 생각하면 여름방학 관례 해수욕도 올해가 마지막이 될 것이다. 고등학생이 된 딸이 가족들의 이벤트에 기꺼이 참가한다는 것도 요즘 세상에 기적 같은 일이지만, 대학생쯤 되고 보면 절대 동행해 줄 리가 없다. "친구들하고 갈 거야", 또는 "그 사람하고 갈 거야"라며 사양할 것이다.

그렇다면…….

올해가 마지막 기회다. 올해야말로 수영을 배우고 싶다. 그리고 가족들을 깜짝 놀라게 해 주고 싶다.

그때, 생각난 곳이 아오야마였다. 아오야마 정도면 지리를 전혀 모르는 곳도 아니고 전원도시선을 타고 한 번에 갈 수 있다는 것도 매력적이었다.

화요일로 요일을 정한 이유도 있다.

화요일에는 아이들이 동아리 활동과 학원이 있어 밤늦게나 돌아오기 때문이다. 저녁 밥값을 미리 건네주기 때문에, 다소 지쳐서 돌아와도 저녁밥을 차릴 필요가 없다. 시내에서 일하는 남편은 어차피 마지막 전철을 타고나 겨우 들어오고, 저녁도 회사 근처에서 대충 때우니까 아무 문제가 없다.

가족들 몰래 뭔가를 하기는 결혼 후 처음이었다. 하지만 그렇다고 전혀 의심받을 일은 아니다. 약간의 사치를 부리는 데 지나지 않는다. 아이들이 내 키를 훌쩍 넘어서면서, 가족들 사이에서 존재감이 엷어진 듯 느끼는 엄마의 소박한 저항이었다.

"처음 뵙겠습니다. 오늘부터 여러분에게 수영을 지도할 미시마 료라고 합니다. 잘 부탁드립니다."

레슨 첫날인 화요일. 물에 몸을 담그기 전, 풀 사이드에 줄을 섰을 때부터 내 가슴은 벌써 두근두근 방망이질하고 있었다. 선생님이 너무 젊은 남자였기 때문이다.

텔레비전으로는 올림픽 수영 선수를 본 적이 있다. 하지만 브라운관을 통해서 보는 것과 실제로 이렇게 젊은 남자를 두 눈으로 직접 보는 것하고는 얘기가 다르다.

달라도 아주 다르다.

거의 알몸이나 다름없는 몸에, 가려야 할 최소한의 부분만 간신히 가리기 위해 존재하는 듯한 삼각 수영복. "헉? 그렇게 면적이 작아도 괜찮은 거야?"라고 묻고 싶어질 만큼 작다. 수영을 지도하려고 나왔으니, 알몸이나 다름없는 것도 경영용 삼각 팬티를 입고 있는 것도 당연한 일이지만, 서른여덟 살 주부의 눈에 그 모습은 무시할래야 도저히 무시할 수 없는 '동요' 그 자체였다.

어디를 쳐다봐야 좋을지. 아아, 보지 말자, 보지 말자……. 하지만 그렇게 생각하면 할수록 눈길이 그쪽으로 가고 만다. 이 이율배반이 괴로울 뿐이다.

조그만 헝겊조각 위로는 단련을 거쳐 둘로 갈라진 복근이 좌우대칭으로 배치돼 있고, 좀 더 위로는 두툼한 가슴팍이 펼쳐진다. 미켈란젤로의 다비드상을 연상시키는 멋들어진 역삼각형의 육체다. 오랫동안 물과 싸워 온 성과일까, 체모는 한없이 부드럽고 피부는 유리창으로 비치는 햇살에 반짝반짝 빛을 반사하고 있다.

수영선수였던 남편도 젊은 시절에는 이런 육체를 갖고 있었을 텐데, 하고 기억을 더듬어 보지만 이미 기억은 낡다. 지금은 불룩한 배가 허리띠 위에 얹혀 있는 전형적인 중년비만형 남편의 몸매가 18년 전에 어땠는지 평소 생각해 본 적도 없었고, 그 시절에는 나 역시 젊었다. 젊은 여자가 젊은 남자의 몸에 일일이 '젊고 싱싱한 몸'이라고 감탄할 리 없다.

'안 돼, 안 돼.'

폭주하는 망상을 멈추게 하기 위해 머리를 푸르르 가볍게 흔들고 옆으로 나란히 줄 서 있는 여성들의 반응을 슬며시 살핀다. 거의 오십 대 이상일 그녀들 모두 나와 마찬가지로 선생님의 삼각 팬티 차림에 얼이 빠져 있는 상태였다.

유일한 구세주는 학생인 듯한 젊은 여자 둘 뿐이었다. 스무 살 전후의 여자들은 딱히 흥분한 분위기가 아니었다. 나는 어떻게든 그 여학생들과 같은 태도를 관철하리라는 일념으로 비틀거리는 시선을 애써 감췄다. 나이로 하자면 나는 오십 대 아줌마들과 여학생들의 한 중간쯤. 여학생의 눈에는 나 역시 명실상부한 아줌마부대겠지만, 그래도 다소나마 그녀들과 가까운 거리에 있고 싶었다.

"그럼 여러분, 이름을 부를 테니까, 간단하게 자기 소개를 해 주십시오."

선생님이 뭐라고 말하고 있다. 자기 소개가 시작되는 모양이다. 하지만 당장이라도 휘청휘청 쓰러질 듯한 내 귀에는 멀리서 울어대는 방울벌레 소리처럼 들린다. 소리가 울리기 쉬운 수영장인 탓도 있지만, 유난히 귓속이 윙윙거린다.

"다나카 씨!"란 한 마디에 나는 퍼뜩 정신을 차렸다.

"넷…… 아, 네."

허둥지둥 대답한다. 그러자 동시에 왼쪽으로 네 번째에 서 있는 아줌마도 "넷!" 하고 소리를 질렀다.

"아, 다나카 씨가 두 분 있는 것 같네요. 그럼…… 이렇게 하죠. 그쪽에 있는 다나카 씨부터 부탁합니다."

학생들의 프로필이 적혀 있는 자료를 한 손에 든 선생님이 내가 아닌 '다나카 씨' 쪽으로 손바닥을 내밀었다. 내가 아닌 '다나카 씨'가 자기 소개를 시작한다.

"다나카 노부코입니다. 음, 수영은 전신 운동이라 건강에 좋다고 해서 시작했습니다! 물론 다이어트도 겸해서요. 앞으로 석 달 동안, 잘 지도해 주세요!"

주름과 기미와 늘어진 살로 보아 오십 대 후반으로 짐작되는 다나카 씨가 자기 소개를 끝마쳤다. "저도 잘 부탁드립니다"라고 무난하게 응수한 선생님이 이번에는 나를 쳐다보며, 이렇게 말했다.

"그럼, 아, 다나카 씨…… 라고 하면 헷갈리니까, 교카 씨라고 부르죠."

"……!?"

교, 교카?

이름을 불린 나는 정말이지 부글부글 거품을 물고 쓰러질 것 같았다.

결혼한 이후 부모가 아닌 사람이 내 이름을 불러준 적이 과연 있었던가. 기억이 나지 않는다. 남편은 "어이"니 "여보", "누구 엄마"라고 부르기가 고작이고, 아이들은 "엄마"라고밖에 부르지 않는다. 동네 사람들 역시 "누구 엄마"고 아이들이 다니는 학교의 학부모회에 가 봐야 역시 "누구 엄마"라 불릴 뿐. 요컨대 "교카 씨"라고 불릴 장면은 이 세상에서 거의 전멸한 셈이다.

그런데 이렇게 젊은 남자가, 그것도 거의 벌거숭이나 마찬가지 알몸으로 마주보고 있는 상태에서 "교카 씨"라고 부르다니……!

가슴이 두근거리고 얼굴은 달아오르고. 하지만, 일단은 자기 소개다, 자기 소개. 두 손바닥으로 볼을 탁 탁 치고, 우물 속에서 맨 손으로 기어 나오듯 온몸에 잔뜩 힘을 주고 간신히 입을 연다.

"아, 저…… 저는 다나카 교카라고 합니다. 음, 우리 식구들은 모두 수영을 잘 하는데, 나만 맥주병이라서, 수영을 꼭 배우고 싶어서 등록을 했습니다…… 잘 부탁드립니다……."

그런데 선생님은 무슨 이상한 소리는 하지 않았나 싶어 혼란스러운 내게 이렇게 말했다.

"그럼 교카 씨, 엄마, 아빠의 코를 납작하게 만들어 주죠 우리!"

엄마 아빠? 그럼 내가 '아가씨' 라는 의미?

아가씨는커녕 두 아이의, 그것도 중학생과 고등학생의 엄마인데!

맨 얼굴에, 머리카락은 수영모자 속에 쑤셔 넣고, 게다가 몸에 딱 달라붙는 경영용 얇은 수영복을 입은 여자를, 어느모로 보나 절대 '선수' 는 아닌 명실상부한 서른여덟 살의 여자를 '교카 씨' 에 '아가씨' 취급이라.

이 양면 공격은 스무 명 남짓한 회원들이 모두 자기 소개를 끝낸 후에도 내 두 다리를 후들후들 떨게 할만큼 그 펀치가 강했다. 두 무릎에서 흐물흐물 힘이 빠져나가는 것 같았다.

그렇게 흐물흐물 헤롱헤롱하고 있는데, "질문 있습니까?"란 선생님의 마지막 말에 한 아줌마가 손을 들고 고양이 같은 목소리로 말했다.

"선생님! 미시마 선생님은 독신인가요?"

까르르르, 웃음소리가 일었다.

이 무슨 무례한 질문이람. 거기에 편승해서 까르르르

천박하게 웃어대는 아줌마들은 또 뭐고. 같은 장소에 서 있는 자체가 그 무례함에 참가하고 있는 것이란 기분에 나는 얼굴에서 불이 솟는 것 같았다.

"그런 사적인 질문은 좀 그런데…… 아무튼, 일단 대답을 하죠. 현재 일본 체육대학 대학원에 재학중인 스물네 살의 독신입니다!"

그렇게 말하는 조각상 같은 얼굴에 미소가 번지자, 아래위 입술 사이로 풀 사이드의 타일처럼 하얀 이가 언뜻 드러나 보였다.

그 천진난만한 미소를 본 내 머릿속에서 또다시 망상이 폭주하기 시작했다. 아줌마들의 태도를 그토록 못마땅하게 여기면서도 '독신'과 '스물네 살'이란 두 단어가 빙글빙글 맴돌기 시작한 것이다. 그래, 독신이라고. 나보다 열네 살이나 적단 말이야. 남편하고는 열아홉 살이나 차이 나고. 그럼 그렇지. 벌써 근육이 다른데 뭐. 저 피부의 탄력하며. 요즘 젊은 남자의 몸은 어떤 감촉일까.

나는 자연스럽게 끓어오르는 자신의 욕망에 당황했다. 방금 전까지만 해도 '학생 축에 끼고 싶다'고 바란 주제에, 이거야 명실상부한 '아줌마 축'이 아닌가.

꿈틀꿈틀 움직이는 선생님의 근육질 몸매를 훔쳐보면

서 준비 체조를 끝냈다. 드디어 기념적인 첫 레슨이다. 말할 필요도 없이 회원 전원이 초보 도전자들. 일단 물에 얼굴을 갖다 대는 데도 일대 소동이 벌어졌다.

"여러분, 겁내지 말고, 입을 다물고 그대로 숨을 내쉬면서 바닥에 엉덩이를 살짝 대세요. 숨을 들이쉬면 안 됩니다, 들이쉬면 안 돼요. 물이 입 안으로 들어오니까요. 괜찮아요, 봐요, 괜찮죠!"

모두들 미시마 선생님의 친절한 지도에 따른다. 나도 미지근한 물에 몸을 담그고, 바닥을 향해 수직으로 몸을 가라앉히려고 시도한다.

좁은 욕조 같으면야 몸을 쑥 담가도 아무 문제없지만, 손을 아무리 뻗어도 잡을 것 하나 없는 수영장은 이야기가 다르다. 더구나 물 속에 얼굴을 넣어야 하니, 더럭 겁이 난다.

그런 공포감과 싸우면서 엉덩이가 바닥에 닿기 전 물 속에서 엉거주춤한 자세로 천장을 올려다보자, 외광을 머금고 흔들흔들 물결치는 수면이 내 머리를 지배하면서 당장에 죽음이 밀려오는 듯한 착각에 빠진다.

견딜 수 없어 물 위로 고개를 내민다. 얼굴을 물 속에 묻은 지 채 5초도 지나지 않았는데, 숨이 차다.

"괜찮아요, 교카 씨?"

"앗, 네…… 그럭저럭…… 아마."

"그럼 다시 한 번, 이번에는 같이 해 보죠."

푹 젖은 몸에 콧물까지 흘러나온 내게 선생님이 상냥하게 말을 건다. 부끄러웠다. 하지만 거의 동시에 '같이'란 말을 든직해 하는 또 하나의 내가 있었다.

'좋아, 어디 한번 해 보자' 하고 용기가 생겼다.

"자, 갑니다, 하나, 둘, 셋!"

그 말에 따라 나는 얼굴을 물 속에 묻고 몸을 가라앉힌다. 올려 보지 말자, 올려보지 말자 하고 눈을 꼭 감고 깊이 가라앉는다. 숨을 쉴 수 없다. 그런데 잠시 후 엉덩이가 바닥에 닿은 느낌이 있었다. 그 감촉을 감지하는 순간, 나는 순식간에 물 위로 고개를 내민다.

"그거 보세요. 됐잖아요. 교카 씨. 그렇게 하면 되요."

"하지만 숨을 쉴 수가 없어서, 오래는……."

"괜찮아요. 코로는 숨을 쉬지 말고, 하나 둘 셋을 쉰 다음에 입으로 후 하고 숨을 내뱉는 거예요. 아시겠죠? 그렇게 하면 10초 정도는 머물러 있을 수 있습니다."

"그래도 코하고 귀로 물이 들어올 것 같아서……."

"코로 숨을 안 쉬면 물은 안 들어와요. 그리고 귀로는 절대 물이 안 들어오니까 안심하시고요. 자 그럼 한 번 더 해 보죠. 하나 둘 셋!"

나는 다시 물로 들어간다. 마음속으로 수를 센다. 하나, 둘, 셋…… 엉덩이가 바닥에 닿는다. 입으로 푸르륵 푸르륵 숨을 내쉰다. 괜찮다. 위만 올려다보지 않으면 된다. 숨이 끊어질 듯 하자 나는 물 위로 고개를 내민다. 바로 눈 앞에 물방울을 뚝뚝 흘리는 탄탄한 근육질의 젊은 몸이 있었다. 심장이 두근두근 방망이질 친다.

"교카 씨, 금방 배우시네요. 그렇게 하면 되요!"

선생님은 그렇게 말하고는 다른 회원에게로 몸을 돌렸다. 아줌마들 역시 조금 전의 나처럼 어쩔 줄 몰라 허둥대고 있을 뿐. 미시마 선생님은 그런 아줌마들에게 내게 가르쳤던 요령을 다시 반복한다. 그 뒷모습이 생사의 갈림길에서 헤매는 사람에게 손을 내미는 구세주처럼 듬직했다.

회원 모두를 일일이 가르치고 나자 선생님은 다음 순서인 '몸 띄우기'로 들어갔다. 출발 지점을 발로 차면서 손발을 뻗어 그대로 몇 미터 앞으로 나아가는 것이다. 겨우 물에 몸을 담그는 것을 배운 내가 과연 그 기적적인 묘기를 해낼 수 있을지. 나는 또 불안감에 몸을 떤다.

"네…… 알겠어요."

나는 물 속에서 격렬한 긴장과 함께 두 발로 벽면을 찬다. 그러자 몸이 쑥 가라앉더니, 3초도 지나지 않아 물에 빠지고 말았다. 선생님이 두 손으로 나를 건져내려 한다. 그런데 나도 모르게 도움을 거부하고 두 발로 힘차게 바닥을 차고 물 위로 올라왔다.

"괜찮아요?"

"괘······ 괜찮아요."

"교카 씨, 너무 힘을 준 것 같네요. 어깨에 힘을 빼고 편하게, 편하게. 자, 다시 한 번 해봐요. 안심하고."

선생님이 싱긋 웃는다. 하지만 얼굴 다음으로 눈이 가는 것은 역시 두툼한 가슴과 근육이었다. 물에 빠져 죽게 생겼는데도 엉뚱한 생각만 하는 나 자신이 저주스러웠다.

"자. 준비됐나요? 딱딱하게 긴장한 어깨에서 힘을 빼고. 자, 갑니다."

나는 다시 한 번 몸 띄우기에 도전한다. 하라는 대로 딱딱한 어깨에서 힘을 빼고, 온몸을 물에 맡긴다. 순간, 둥실 몸이 뜨는 듯 했다. 그리고 누군가의 손가락이 끌어당기는 느낌이 들었다. 놀라 반사적으로 손을 뒤로 물리며 몸을 일으키고 말았다. 물보라가 튀었다.

"교카 씨, 잘 하잖아요! 여기가 5미터 지점이에요. 여기까지 왔다고요. 그렇게 계속 열심히 하면 되요!"

"아, 네."

생각할 필요도 없이 그 손은 미시마 선생님의 손이었다. 물 속에서 손과 손이 살짝 닿았을 뿐인데, 수영복만 입은 꼴이라서 그런지 마치 그 이상의 접촉이 있었던 것처럼 가슴이 쿵쿵거렸다. 모든 것이 터져 나갈 듯한 그의 몸 때문이었다. 나도 모르게 근육질의 몸으로 손을 내밀 것 같다.

알몸으로 마주한 남녀―정확하게 말하면 알몸은 아니지만―는 이렇게 긴장하는 것인가. 오래도록 잊고 있었던 감각이었다. 물론 상대방은 나를 여자로 생각하지 않을지도 모른다. 나 혼자 멋대로 '젊은 남자'란 것을 과도하게 의식하는 것인지도 모른다.

그런 생각에 주위에 있는 다른 아줌마 회원들을 돌아보자, 그야말로 진풍경이었다.

"물 먹었잖아!"

"아유, 다리 저려!"

다들 한 마디씩 비명을 지르고 허우적대면서 선생님의 몸을 안으려고 난리들이었다. 아니, 이미 안고 있다는 표현이 적절하다. 그것도 둘로 쫙 갈라져 있는 복근을 노리고. 이건 명백한 성희롱이었다.

그 노골적인 욕망의 분출 행위에 어이가 없었다. 아니 부러웠다.

학생인 듯한 두 여자는 레슨에만 열중할 뿐 선생님에게 특별한 관심을 보이는 것 같지 않았다. 나처럼 과도하게 의식하지도, 하물며 들러붙어 어떻게든 한 번 안아보려는 눈치는 전혀 보이지 않았다.

그렇다면 나는, 이미 충분한 자질을 갖춘 아줌마 예비군?

아줌마들의 진풍경은 수영장 밖에서도 끝나지 않았다.

탈의실에서 펼쳐지는 거의 숨이 넘어갈 듯한 대화의 파노라마.

한 아줌마가 포문을 열었다. 그러자 기다렸다는 듯이 다른 아줌마가 끼어들었다. 오늘 처음 만나는 사이일 텐데, 탈의실은 아줌마들의 입담의 도가니였다.

"봤어, 아유, 봤지?"

"봤지, 어떻게 안 보겠어! 정말 죽여주더라."

"난, 그 가슴팍으로 그냥 손이 나가더라니까! 과연 젊은 남자의 피부야, 탄력이 다르더라고!"

"역시 안기에는 수영하는 남자가 최고야. 그 근육. 아름다운 몸이란, 바로 그런 걸 두고 하는 말이었어."

안아? 아니, 아줌마들, 그 나이에 남자를 안아요!?란 소박한 의문이 통용될 것 같지 않아, '핑' 하고 현기증이 일었다. 그때, 째질 듯 흥분한 목소리가 메아리쳤다.

"그리고, 그리고 말이야, 거기도 젊은 남자는 다르더라고! 아, 거기에 손이 닿았을 때, 그 감촉……."

그 순간 탈의실에, 침을 꿀꺽 삼키는 소리가 고스란히 들릴 듯 침묵이 흘렀다. 물론, 이 침묵의 의미는 '분하다' 와 '부럽다' 였다.

아줌마들의 선망의 눈초리를 한 몸에 받으면서 황금의 오른손을 들어올린 목소리의 주인공은, 그 순간을 충분히 즐긴 후 황홀한 말투로 이렇게 말했다.

"그거 할 때도 기운이 넘치겠지, 아직도 충분히 엄지급일 테고."

"꺅!? 이십 댄데, 엄지급! 나도 다음에 만져볼까!"

"아아 우리 서방은 오십 대도 끝물이라서, 새끼손가락만한 게 흐물흐물한데."

"아이고, 우린 육십 대라고. 손가락으로 꼽아지니까 그나마 다행이지. 열외라고 열외! 손이 하나 더 있어야 된다니까."

"아하하하하하."

대화의 내용이 겨우 파악되었다. 이 숙련된 아줌마들은 그때의 발기 상태를 손가락의 각도로 재는 모양이었다. 엄지는 십 대, 집게손가락은 이십 대, 가운데 손가락은 삼십 대, 약지는 사십 대, 새끼손가락이 오십 대다.

아줌마들의 대화를 귀동냥하면서 사물함 문 뒤에 숨어 살며시 오른손을 펴 보았다. 우리 남편은 아직 사십 대니까, 그럼 약지. 과연 옳은 말이라고 감탄하기는 좀 뭣하지만, 남편의 물건은 수평에서 약간 아래로 처진 정도. 그래봐야 요즘은 가뭄에 콩 나듯이 뜸하지만.

"제곱의 법칙이란 거 알아?"

다른 아줌마 한 명이 떠벌렸다.

"그게 뭔데?"

"말이지, 그 사람 나이의 십의 자릿수를 제곱하면, 그 숫자에 한 번 꼴로 하고 싶어진다는 거야. 십 대는 일 곱하기 일은 일. 그러니까 매일. 이십 대는 이 곱하기 이니까 나흘에 한 번. 삼십 대는 삼 곱하기 삼은, 구 일에 한 번. 그런 꼴로 그걸 한다는 거야."

"그럼 미시마 선생님이 나흘에 한 번 그걸 한다는 말이야?"

"그렇지 않겠어?"

"꺅!!"

"우리 남편은 오십 대니까, 25일에 한 번 꼴이네."

"그래서, 그렇게 하고 있수? 댁은?"

"아이고, 무슨 소리! 남편하고 할 리가 있나."

아무래도 여자의 나이는 지방분의 증가와는 정비례하지만 수치심과는 반비례하는 모양이다. 그 적나라한 말투에 내가 오히려 얼굴이 붉어졌다. 실제로는 애써 평정을 가장하고 옷을 갈아입었지만.

문득 옆을 본다. 학생인 듯한 여자들이 내게 눈짓하며, "무지 시끄럽네요"라고 속삭이며 기가 차다는 표정을 지어 보였다. 그에 답하여 나도 "좀 그렇네요"라면서 넌더리가 난다는 표정을 짓는다. 다행이다. 나를 학생축에 끼워 준 모양이었다.

하지만 나는 아줌마들과 하는 생각은 같다. 다만 생각만 할 뿐. 아줌마들은 입을 열어 말을 하고, 슬쩍 만지기도 한다. 그 차이밖에 없다.

그 차이밖에 없지만, 그래도 나는 아직은 수치심이 있다. 자신의 어정쩡함을 무마하려는 듯 나는 마음속으로 중얼거렸다.

'그 날'은 갑자기 찾아왔다.

몸 띄우기에서 발차기, 비트판을 사용하여 숨을 쉬지 않고 15미터 자유형…… 이렇게 수영을 배운다는 목적에 한 걸음 다가가던 어느 날이었다.

마침 당번이었던 나는 레슨이 끝난 후, 코스로프와 발

에 끼우는 발포스티로폼, 비트판 등을 혼자 정리하고 있었다. 원래는 당번이 두 명인데, 그 날 당번 한 명이 급한 일로 일찍 돌아가는 바람에 나 혼자 임무를 수행하고 있었다.

그런데, 미시마 선생님이 나타났다.

"어어, 교카 씨, 혼자서 해요?"

"아, 예, 히라즈카 씨가 급한 일이 있다고 먼저 가서⋯⋯."

"그래요, 제가 거들죠."

"아니오, 괜찮아요. 이 정도는 혼자서도 충분히 할 수 있으니까."

"괜찮습니다. 이런 거 중학교 때부터 내내 하던 일이니까요."

선생님은 그렇게 말하고 하얀 이를 드러내며 씩 웃더니, 척척 뒷정리를 시작했다.

"교카 씨, 식사했나요?"

선생님이 느닷없이 내게 물었다.

"넷?"

"아, 벌써 먹었나 보네요."

"아니, 그게 아니고, 집이 좀 멀어서 점심 먹고 오면 레슨 시간에 늦으니까, 아침을 늦게 먹고 나오는데⋯⋯."

"아, 잘 됐네요! 그럼 교카 씨, 시간이 괜찮으면 뭐 좀 먹고 갈래요? 사실 나 아침도 못 먹어서, 뱃속에서 꼬르륵 꼬르륵 난리거든요."

"아…… 네."

내 대답을 들었는지 못 들었는지, 선생님은 재빨리 몸을 움직여 뒷정리를 끝냈다. 순식간에 풀 사이드가 말끔해졌다.

"그럼, 옷 갈아입고 입구에서 기다릴게요."

"네…… 알겠어요."

그렇게 대답은 했지만, 머릿속은 혼란스러웠다.

어, 어쩌지……. 이런 젊은 남자하고 단 둘이서, 식사? 둘이서 식사를 하다니, 남편하고도 그런 지가 오래다. 하물며 아오야마에서 외식이라니, 결혼 전에나 가능했던 일이다. 밀려오는 불안을 떨어내듯, 나는 그냥 점심을 같이 먹는 것뿐이라고 혼자 중얼거렸다.

나는 탈의실에서 재빨리 옷을 갈아입고, 세수를 하고 가볍게 기초 화장을 하고 메이크업을 시작했다. 물에 젖은 생쥐꼴 같은 맨 얼굴을 이미 본 사이라고는 하나, 그래도 상대는 남자다. 더구나 '한참 연하'라는 전제가 붙는 상대다. 나를 위해서나 그를 위해서나, 아오야마 거리에서 비참한 기분에 빠지고 싶지는 않았다. 우연하게도 오늘은 지난 3월에 아오야마에서 산 원피스를 차려입고 나왔다. 가게 점원을 본받아 손발톱에 매니큐어까지 발랐다. 이 우연을 신에게 감사하고 싶은 마음이었다.

나는 꼼꼼하게 파운데이션을 펴 바른다. 일이 이렇게 될 줄은 꿈에도 몰랐기에, 기미를 커버하는 기능성 파운데이션이 없는 것이 아쉬웠다. 하지만 약간 어두운 가게에 들어가면 이 정도는 잘 보이지 않을 것이다. 눈썹을 약간 날카롭게 그리고, 속눈썹을 뷰러로 올린 후 마스카라를 듬뿍 바른다. 손목시계를 본다. 탈의실에 들어온 지 벌써 20분이 지났다. 안 되지, 너무 기다리게 하면 안 된다. 나는 허둥지둥 붓을 꺼내 립라인을 그렸다. 수건으로 대충 물기를 닦았지만 어깨까지 늘어진 머리카락을 말릴 시간은 없었다. 어쩔 수 없다. 머리는 5월의 태양빛에 자연건조시키는 수밖에!

에라 모르겠다는 심정으로 입구를 향해 뛰었다. 스물네 살의 키 큰 젊은이가 시간이 남아 돌아가 따분해 죽겠다는 듯 벽에 기대어 서 있었다. 긴소매 티셔츠에 반팔 티셔츠를 겹쳐 입고, 청바지에 나이키의 스니커, 그리고 웨스트 백. 처음 보는 사복 차림이 그야말로 학생다웠다.

"죄송해요, 오래 기다렸죠."

그렇게 말을 걸자, 돌아본 젊은이는 수영장에서 늘 보는 환한 미소를 띠었다.

"아니오, 나야말로 갑자기 그런 말을 해서 죄송합니다. 자, 가죠."

선생님이 에스코트를 하듯 나를 유도한다.

"교카 씨, 이태리 음식 괜찮아요?"

아니 뭐, 그런 굉장한 데로 데리고 간단 말이야? 그런 당혹감을 애써 감추며 대답했다.

"네, 물론 괜찮지만……."

"이 근처에는, 이런 어중간한 시간에 제대로 된 음식을 하는 가게가 별로 없거든요."

손목시계를 본다. 오후 4시. 과연 런치 타임은 끝나고 디너는 시작되지 않았을 시간이다.

"아마, 거기는 하고 있을 것 같아서요."

나는 잠자코 선생님의 뒤를 따랐다.

엷은 연두색 뮬과 매니큐어를 바른 발톱으로 눈길을 떨구자, 불쑥 결혼 전에 남편과 둘이서 아오야마 거리를 걸었던 18년 전의 내 모습이 되살아났다. 가슴이 두근거렸다. 18년이란 세월이 격차가 느껴지지 않을 만큼 생생한 심장의 고동 소리.

"아, 다행이다. 역시 하고 있네요."

선생님의 뒷모습을 좇아 도착한 곳은, 가이엔마에 은행나무 가로수 길에 있는 그 유명한 레스토랑 'SELAN' 이었다. 하지만 실제로 와 보기는 이번이 처음. 잡지나 텔레비전에서 보아 알고 있을 뿐이었다.

"아, 네, 좋은데요."

우리는 점원이 안내하는 자리에 앉는다. 부드러운 백열구의 빛이 기미를 가려 주는 구석 자리를 간절히 바랐는데, 그 기대는 깨끗하게 무너졌다. 우리가 앉은 곳은 푸른 하늘 아래 밝디 밝은 테라스 자리였다. 5월의 오후 4시의 태양은 기울어가면서도 가차없이 서른여덟 살 여자의 피부를 속속 드러나게 했다. 그나마 화장을 하고 왔기에 다행이었다. 기미를 지우지 못하고 머리도 채 말리지 못한 것은 두고두고 아쉬웠지만.

고개를 숙이고 있으면서도 나는 재빨리 주위 손님들을 살핀다. 화요일 오후 4시. 시간대가 그래서 그런지 손님이 많다는 느낌은 없다. 그러나 테이블 대부분을 나보다 젊은, 아니 미시마 선생님보다 젊은 사람들이 차지하고 있었다. 한눈에 유행하는 패션으로 온몸을 두른 커플의 데이트 장소, 여대생들의 방과 후 수다 타임에 애용되는 장소라는 것을 알 수 있었다.

그런데 과연 우리는 그들의 눈에 어떤 관계로 비칠까.

터울이 많은 누나와 동생? 그런 커플이 이런 시간에 아오야마 거리를 어슬렁거리나? 아니면 부모 자식? 아니, 그 정도는 아니겠지만, 스물네 살인 미시마 선생님의 부모는 어쩌면 사십 대일 수도 있다. 그렇다면 나는 미시마 선생님보다 그 부모의 나이에 가깝지 않은가. 젊은 제비를 끼고 있는 것처럼 보이지 않는 것이 그나마 다행이었다.

"여기 메뉴 있습니다."

점원이 메뉴판을 들고 왔다. 혹 점원까지 우리의 관계를 수상쩍게 여기는 것은 아닐까 하는 근거 없는 피해망상이 뭉글뭉글 부풀었다.

"교카 씨, 뭘로 할래요?"

선생님은 아무 거리낌없이 내게 묻는다. 그 해맑은 표정이 내 불안을 아주 조금은 해소시켜 주었다.

"아, 네. 나는, 캬베츠와 판체타 타리아테레로……."

"판체타가 뭔데요?"

"음, 돼지고기를 소금에 절인…… 그러니까, 이탈리아판 베이컨 같은 거에요."

"그럼, 타리아테레는요?"

"두껍고 넓적한, 칼국수 같은 파스타요."

"와우, 교카 씨, 요리에 대해서 아는 게 많네요."

'그야, 주부 18년차니까요'라고 말할 수는 없었다.

"그럼, 나도 같은 걸로 하죠 뭐. 그리고, 포도주는 어때요? 이렇게 날씨도 좋은데, 한 잔 정도는 괜찮겠죠?"

"…… 아, 네."

술은 절대 센 편이 아니었다. 집에서도 거의 마신 적이 없다. 하지만 선생님의 페이스에 휘말려, 그만 고개를 끄덕이고 말았다.

"여기요!"

선생님이 점원을 불러 포도주를 주문하자, 잠시 후 백포도주가 담긴 잔이 두 개 나왔다.

"자, 오늘 수고 많았습니다. 건배!"

무엇에 건배를 해야 좋을지 모르는 채, 잔을 들고 나도 "건배"라고 맞장구를 치고 선생님의 잔에 짤그랑 잔을 부딪쳤다.

테이블을 사이에 두고 열네 살이나 나이 어린 남자와 단 둘이서 이탈리아 요리를 먹는다. 도무지 무슨 말을 해야 좋을지 모르겠다. 공통의 화제라고 해봐야, 수영 레슨이나 회원들 얘기뿐.

"그런데 교카 씨는 무슨 일 하는데요?"

이건 또 느닷없이 무슨 소리? 나는 당황했다. 하지만 '주부'라고는 절대 대답할 수 없었다.

"아, 그냥, 좀…… 학원, 강사예요."

불쑥 거짓말이 튀어나왔다. 학원에 다니는 아이들이 생각나, 그만 그렇게 대답하고 말았다.

"중학교? 고등학교? 아니면 초등학교?"

"아…… 고등학교요."

초등학교쯤으로 해 둘 걸, 이미 때는 늦었다.

"와우, 그럼 머리 엄청 좋겠네요."

"아니오, 전혀 그렇지 않아요!"

"그럼, 과목은요?"

"어, 그건, 현대 국어."

혹시 다른 과목을 말했다가, 꼬치꼬치 캐물으면 일이 더 커진다.

"그럼, 대학 졸업하고 내내 학원 강사하고 있나보죠?"

대학? 전문대학 나왔는데. 강사 같은 건 꿈도 꾸지 않았고.

"네, 그럼 셈이죠."

그 장면에서 음식이 나와 화제가 다른 곳으로 옮겨갔다.

"그건 그렇고, 여자 분들은, 뭐랄까, 나이가 들면 굉장히 적극적이 되는가 봐요."

그는 포크로 음식을 집으면서 아닌 밤에 홍두깨 같은 소리를 했다.

"네?"

그거 혹시 나를 가르키는 말? 아니지, 오늘은 선생님이 먼저 식사를 하자고 했다.

"아, 오해하지 마세요. 교카 씨가 그렇다는 게 아니고. 다른 분들이…… 그러니까 좀 나이 드신 분들이."

"그래요……."

나는 다소 안심하고 포크에 파스타를 둘둘 만다.

"만지고, 안겨 들고, 그런 일이 많아서, 좀 난감합니다. 하하하."

선생님은 머쓱해서 머리를 긁적거린다. 그 얼굴에 소년의 모습이 섞여 있었다.

"교카 씨는, 실례되는 말일지 모르겠지만, 나이에 비해서 굉장히 젊은 것 같아요."

"넷?"

"아, 미안합니다. 실은 회원 카드를 슬쩍 봤거든요……. 교카 씨, 몇 살이나 됐나 하고요."

"……."

사과는 오히려 내가 해야 한다. 카드를 슬쩍 보는 것보다 사람을 속이는 것이 한층 심각한 문제 행위니까.

"아, 정말 죄송, 죄송합니다. 나이 얘기를 해서. 그보다, 사실은 이 말이 하고 싶었는데, 교카 씨, 한 달 동안에 실력이 부쩍 늘었어요."

파스타를 꿀꺽 삼킨 그가 이번에는 수영 얘기로 화제를 바꿨다.

"그래요? 그런 말 들으니까 굉장히 기쁘기는 한데……. 하지만 아직 비트판이 없으면 뜨지도 못하잖아요. 비트판이 있어도 숨을 제대로 쉴 수가 없어서, 오른쪽 왼쪽 오른쪽 왼쪽 순서대로 손을 내밀고 저어야 하는데, 몇 번하고 나면 숨이 차서, 결국은 그냥 서 버리게 되요."

"걱정 마세요. 아직 두 달이나 있으니까."

"그랬으면 좋겠는데……."

"나도 실은 초등학교 때까지 맥주병이었어요."

"네, 정말이요?"

"고학년이 되면서 새로 부임하신 선생님이 국제 경기까지 치른 수영 선수 출신이셨거든요. 그 선생님께 배우면서부터였어요, 수영을 본격적으로 접하게 된 게. 여름이면 체육 시간이 제일 싫었는데, 그 후로 얼마나 재밌어졌는지."

"네에, 그래요."

"수영을 못하던 사람이 하게 됐을 때의 그 감동은, 뭐랄까, 한 마디로는 표현하기 어렵죠."

"아아, 그 기분은 알 것 같아요. 우리 식구들을 보면, 얼마나 부러운지……."

나는 남편과 아이들을 떠올린다. 물가에서 물과 장난치는 딸. 수영 금지 안내판이 있는 곳까지 헤엄쳐 갔다 왔다고 자랑하는 아들. 두 자식과 경쟁하듯 물보라를 튀기며 바다로 뛰어드는 남편. 그런 세 사람을 멀리 모래사장에서 바라볼 수밖에 없었던 나.

그리고 걸림돌처럼 내 앞을 가로막는 '엄마는 수영을 못 해'라는 대전제.

남편은 단독 주택도 샀고, 매달 월급도 고스란히 내 손에 쥐어 준다. 바람을 피울 염려도 없다. 아이들도 별문제 일으키지 않고 무럭무럭 자라고 있다. 요즘 같은 세상에 흔히 있는 골치 아픈 문젯거리 하나 없이 살아왔으니, 행복한 인생이라고 해야 할 것이다. 하지만 이 대전제를 해결해 주려는 사람은 어디에도 없었다. 그래서 나는 고독했다. 외로웠다. 욕심이 과하다고 말해도 상관없다.

'가르쳐 줄게.'

나는 이 한 마디를 갈망하고 있는 것이다.

"맞아요. 지금까지 보이지 않았던 세계가 보인다고나 할까, 사는 기쁨이 한 가지 더 늘어난다고나 할까, 음, 말로는 표현하기 어려운데, 아무튼 그때의 성취감은."

선생님은 답답하다는 듯이 고개를 젓는다.

"알아요, 나 알아요! 나 정말 수영할 수 있었으면 좋겠어요."

나는 나도 모르게 테이블 위로 몸을 내밀고 흥분하고 있었다.

"걱정 말아요."

그렇게 말하더니, 선생님은 어린아이를 지켜보듯 부드러운 표정으로 이렇게 말했다.

"내가 가르쳐 드릴 테니까."

눈물을 흘리기에 충분한 한 마디였다.

"왜, 왜 그러세요, 교카 씨! 왜 울어요? 내가 뭐 말을 잘못 했나요? 네 교카 씨? 교카 씨?"

선생님은 테이블 너머로 두 손을 뻗어 내 어깨를 마구 흔들었다.

"아무 것도 아니에요, 아무 것도…… 그냥 고마워서. 아이 참, 내가 왜 우는 거지. 괜찮아요, 신경 쓰지 마세요."

"어떻게 신경을 안 써요! 이거 먹고 나가죠."

익숙하지 않은 알코올에 힘입어, 어쩌면 조금 감상적이 되었는지도 모르겠다. 하지만 오랜 세월 메워지지 않왔던 외로움을 그가 완전히 메워 준 것만은 틀림없는 사실이었다.

"선생님, 선생님, 저, 이런 데 자주 오나요?"
"나요? 에이, 어떻게 자주 와요."
"선생님은 애인이나 여자 친구 없어요?"
"있으면 교카 씨하고 지금 이렇게 걷지 않겠죠."
"그, 그래요, 그렇네요."

우리는 손을 잡고 언덕길을 올라가 마루야마 거리를 걷고 있었다. 마루야마 거리에서 손을 잡고 걸어가는 남녀의 종착역이 어딘지 정도는 세상 물정 어두운 나 같은 사람도 잘 알고 있다.

일이 이렇게 된 것은 잠시 전의 그 키스 때문이었다. SELAN에서 나오자, 파릇파릇한 은행나무 그늘에서 그는 갑자기 나를 껴안더니 입술을 빼앗았다.

오후 5시의 아오야마 거리가 사람들의 눈을 의식하지 않기에는 너무 밝았다. 부끄러웠다. 하지만 동시에 거부하지 않았다. 젖은 머리에 신경을 쓰는 나의 모습을 '귀엽다'고 해 준 이 열네 살 연하의 남자에게 어이없게도 '사랑' 비슷한 감정을 품고 만 것이다. 그것은 평화롭고 평탄하고 평범하게, 높은 산도 없거니와 깊은 골짜기도 없는 무사안일한 18년을 산 나를 덮친 첫 감정이었다. 열기 띤 입술이 마주 닿은 그 몇 초 동안, 서른 여덟이란 자신의 나이와 남편과 아이들이 있는 유부녀라는 현실은 저 멀리로 밀려나고 말았다. 그 순간 나는 아내도 엄마도 아닌, 그냥 여자였다.

"이제 선생님이라고 부르지 말아요."

"그래도……."

"지금 우리는, 선생님도 학생도 아니잖아요."

"그럼, 뭐라고……."

"그냥 이름을 부르세요."

"네……."

"그리고, 그 존댓말 쓰는 것도."

"아…… 네."

"또!"

"…… 음, 알았어. 그 대신 선생님도, 내게 존댓말 쓰지 말아요."

"에에, 지금 말했는데 또 '선생님' 이네요."

"미안해요…… 료…… 씨."

그런 대화를 나누면서 우리는 암묵의 양해 속에 한 호텔의 문턱을 넘었고, 방을 선택하는 게시판 앞에 섰다. 평일 저녁이라 그런지, 방은 절반이나 비어 있었다.

"이 방이면, 되려나."

내가 희미하게 고개를 끄덕이자, 그는 그 방의 단추를 눌렀다. 그러자 상대방의 얼굴이 보이지 않도록 조그맣게 뚫린 창구에서 중년 여자의 손이 나와 방 열쇠를 떨어뜨렸다. 그 열쇠를 집어든 그를 따라 엘리베이터에 올랐다. 엘리베이터가 위로 올라가다 '칭' 하고 소리내며 멈추자, 새빨간 문이 열렸다. 카펫이 깔려 있는 복도를 걸어 302호실 앞에 선다. 이 문을 열면 우리는 일선을 넘어서게 된다.

찰칵.

"상당히 좁네."

문을 연 그의 첫 말이었다.

"그, 그런가?"

내 대답이 떨어지자마자 그가 나를 갈구했다. 어깨에 걸치고 있던 토트백을 바닥에 툭 내려놓고, 쓰러지듯 나는 퀸 사이즈 침대로 가라앉는다. 그 바람에 출렁, 내 몸과 침대가 흔들렸다. 물 침대였다.

"좁은 게, 좋지."

속삭이듯 그가 말하고 내 가슴에 얼굴을 묻더니, 목덜미에서 위로 입술을 미끄러뜨리며 뜨거운 혀가 내 속살을 파고들었다. 그의 등을 안은 내 두 팔로 보기보다 더

실팍한 그의 가슴이 느껴진다. 젊은 남자의 특유의 냄새를 풍기는 그 몸을 좀 더 가까이 느끼고 싶었다. 갖고 싶었다.

그만 나도 모르게 그의 티셔츠를 잡고 단숨에 벗겨 냈다. 스물네 살 남자의 몸이 고스란히 드러났다. 매주 유리창 너머로 스미는 햇살 아래 보았던 낯익은 육체가 어슴푸레한 조명 아래 내 몸을 덮치듯 나타났을 때, 얇은 땀의 막을 걸친 그 아름다움이란 뭐라 형용할 수 없었다.

흔들리는 만원 전철 속, 손잡이에 의지한 나는 내내 몽롱한 상태였다. 처녀를 상실했을 때처럼 대퇴골이 빠져나가고 관절이 어긋난 듯한 후유증이 남아 있었다. 사타구니가 닫히지 않는 듯한 감각이었다.

지금 주위 사람들이 나를 이상한 눈으로 보지는 않을까, 무릎이 여며지지 않아 오리 걸음을 걷는 여자로. 그런 생각을 하며 사방에 신경을 쓸만큼 아까의 행위는 내 몸에 충격적인 잔상을 남겼다.

언덕길을 말없이 내려와 시부야 역에서 헤어질 때를 다시 떠올린다. 그는 내가 개표구로 들어간 후에도 여전히 아쉬운 듯한 표정으로 내게서 눈길을 떼지 않았다. 그가 데려다 주겠다고 고집을 피우는데 거절했기 때문이었다. 기치조지에 산다는 그는 이노가시라 선을 타고 가야 한다. 내가 가야 할 방향과는 정반대. 그런데도 데려다 주겠다고 주장하면서 나를 여자 대접, 아니 애인 대접하는 그가 현기증이 날 정도로 고마웠지만, 절대 받아들일 수 없는 제안이었다. 냉정하게 생각하면, 아니 굳이 냉정하게 생각하지 않아도.

미조노구치를 지나자 꿈의 향기의 여운은 점차 엷어지고, 손목시계를 본 나는 차츰 제정신으로 돌아왔다. 벌써 8시다. 학원에서 다른 길로 새지 않고 바로 돌아온다면 9시에는 아이들이 들이닥칠 것이다. 그때까지 옷을 갈아입고, 신발과 옷을 감추고 매니큐어도 지워야 한다. 발톱에 바른 매니큐어는 슬리퍼를 신으면 감춰지지만, 황금색 에나멜을 칠한 손톱은 반짝반짝 눈에 띌 게 틀림없다. 엄마에게 관심이 많을 시기는 아니지만, 그래도 의문을 품을 것이다.

시간이 없다. 역에 도착하면 뛰어야 한다.

사기누마 역에서 잰걸음으로 또각또각 걸을 때였다. 가방에서 따르릉따르릉 하는 전자음이 흘러나왔다. 동시에 가방이 푸르르 몸을 떨었다.

"아, 전화네."

당황한 나는 커다란 토트백 안을 뒤진다. 갑작스런 사

태에 어쩔 줄을 몰랐다.

내 휴대전화는 도통 울리지 않는 전화였다. 가족끼리
는 할인이 된다고 해서 일단 사기는 했지만, 남편이나
아이들이 전화를 건 적은 거의 없었다. 용건이 있으면—
예를 들어 남편이 오늘 밤 철야해야 하니까 못 들어간다
는 등등의—집으로 전화를 걸지만, 그것도 1년에 한두
번 정도다. 그러니 휴대전화가 활약할 무대는 전혀 없었
다. 그런 휴대전화가 이렇게 난동을 부리다니······.

수영복을 담은 비닐봉투를 헤치고 지갑을 밀어내고 화
장지갑을 치우자 열쇠 꾸러미 옆에 휴대전화가 파란 불
을 깜박이고 있었다.

"아휴, 여기 있네."

뚜껑을 탁 열었다. 그러자 화면에 남편도 아이들도 아
닌 '미시마 료'란 이름이 떠올랐다.

"어머, 선생님이?"

그랬다. 아까 전철역에서 헤어지면서 서로의 휴대전화
번호를 주고받았다. 아무리 그래도 그렇지, 헤어지자마
자 전화를 걸다니.

"여보세요?"

조심조심, 전화를 받는다.

"아, 난데."

"지금 어디야?"

"집. 그냥 가만히 있을 수가 없어서 전화했어. 교카 씨, 여고생도 아닌데 그렇게 빨리 가 버릴 거 없잖아."

"미안해, 일이 있어서……."

동요를 감추려고 걷는 속도를 약간 늦춘다. 그렇게라도 하지 않으면 서둘러 걷느라 숨이 찬 서른여덟 살의 몸이 헉헉거리며 신음할 것 같았다.

"일? 무슨 일인데? 학원 강사는 집에서도 일해?"

"어, 응, 채점할 게 남아 있어서."

모자라는 머리로 대충 그럴싸한 대답을 둘러댄다.

"그럼, 언제 다시 만날 수 있는데?"

"어, 언제라니?"

"내일은? 나, 내일 오전에 수업 다 끝나는데."

"어, 내일, 내일은 안 돼, 내일 모레도 안 되고."

"그럼, 주말은? 주말에는 시간 있지?"

"미안해, 주말에도 할 일이 많아. 그러니까 다음 주 화요일……."

화요일이 아니면, 이렇게 차려 입고 밤까지 나돌아다닐 수 없다. 불가능한 일이었다.

"뭐, 다음 주까지 기다리란 말이야? 일 다 끝난 다음에 만나도 되는데."

"밤에도 정리할 게 많아."

아니 학원 강사가 집에까지 들고 와야 할 어떤 일이 있단 말인가? 거짓말의 앞뒤를 맞추기 위해 점점 덧붙여지는 거짓말. 꼬치꼬치 물으면, 뭐라고 대답해야 하지?

"그래, 바쁜가 보다, 교카 씨."

"아니, 그게, 그런 건 아니고."

얼버무리는 수밖에 달리 빠져나갈 구멍이 없었다. 지금에야 거짓말을 한 것이 후회스러웠다.

하지만.

실망한 듯한 그의 말투가 사랑스럽고 기뻤다. 젊은 남자가 어쩌다 마음대로 주무를 수 있는 연상의 여자를 만나 섹스를 나눴다. 그 정도 생각으로 안긴 것이라고 달관하고 있었던 만큼, 나는 솔직히 기뻤다. 당혹스럽기는 했지만, 울리지 않는 전화를 울려 준 사람과의 만남은 나의 고독을 말끔히 떨어내 주었고, 아직은 현역으로 버틸 수 있을지도 모르겠다는 실감은 내게 정말 서른 살로 돌아간 듯한 마법을 걸었다.

그러니까, 이건 사랑이다. 나는 지금, 사랑에 빠지려 하고 있다.

하지만, 절대 빠져서는 안 되는 사랑이라는 것을 족히 알고 있었다. 가정은 소중하고, 파괴할 마음도 용기도 없다. 실제로 나는 전화를 받기 직전까지 가족들에게 오늘 일을 들키지 않을 궁리만 하고 있었다.

"알았어. 그럼 다음 주 화요일에는 만날 수 있는 거지, 기다릴게. 기다리고 있을게."

강한 의지가 담긴 말투였다.

"응."

"또 전화할게."

"응."

"안녕."

"응, 잘 자."

잘 자라고 하기에는 다소 이른 시간이었지만, 나는 그렇게 말을 맺고 전화를 끊었다. 사실은 더 오래 오래 빠져 있고 싶었다. 그러나, 더 이상 느긋하게 대화를 즐길 여유는 없었다. 평소에는 아이들이 돌아오는 시간이 한없이 더디기만 한데, '더 좀 늦게 오면 안 되나' 하고 원망스러운 심정이었다.

울고 싶은 마음으로 생각을 정리하고, 휴대전화의 전원을 끄고 가방 안에 집어넣은 후, 발가락에 힘을 꽉 주고 남을 체력을 쥐어짜 뛰었다.

주부란 참으로 편한 족속이다.

청소하고 빨래하고 반찬 만들고 집안 일 하고, 그렇게 사흘이 지나자 그와의 사건이 실제로 있었던 일 같지 않았다. 다음 화요일에 만나기로 한 약속도 점차 현실감이 엷어지고, 마치 남의 일처럼 느껴지던 오후였다.

침실에서 청소기를 돌리다가 침대 밑으로 청소기를 집어넣는데, 슬리퍼 코에 뭐가 툭 하고 부딪쳤다.

"……?"

물체의 정체를 확인하려고 바닥에 쭈그리고 앉아 침대 밑을 들여다보았다.

"앗, 이건."

내 휴대전화였다. 수요일, 남편과 아이들이 나간 후에 수영복을 말리려고 꺼낼 때 함께 굴러 나온 모양이었다. 애당초가 울리지 않는 전화니까 전화기가 꺼져 있다고 해서 곤란할 사람은 아무도 없다. 이런 데다 사흘씩이나 방치하고도 몰랐을 만도 하다.

집어들어 뚜껑을 열고 무심결에 전원을 켰다. 고장나지는 않았다.

아니, 그보다.

화면을 들여다 본 나는, 전원이 꺼져 있는 동안 몇 통의 문자 메시지와 음성 녹음을 수신했다는 사실에 놀랐다.

"혹시, 이거?"

사용해 본 적 없는 기능을 이리저리 만지작거리면서 간신히 수신을 확인한다. 4건. 목소리의 주인공은 전부 료였다. 두 건 수신한 문자 메시지도 물론 료가 보낸 것. 전화를 해 달라는 내용이었다.

그 사랑스러운 목소리에, 달짝지근한 공상이 밀려온다. 늘 혼자였던 나의 외로운 휴대전화기에, 남자가 전화를 걸었다. 남자가 '목소리를 듣고 싶다' 는 전화를 걸어 주었다.

그 순간, 그와의 섹스가 생생하게 되살아나 몸이 뜨거워졌다. 그리고 그 뜨거움에 이어 '불륜' 이란 께름칙한 단어가 떠올랐다. 일상이란 안심할 수 있는 세계에서 아무 일도 없었던 듯이 행동했던 나는, 무엇인가가 복수를 하는 듯한 감각에 더럭 겁이 났다.

그 두려움은 활짝 열어 둔 창문으로 새어드는 눈부신 햇살에 드러난 침실 속으로, 아무 이상 없다고 믿었던 생활 속으로 서서히 파고들어 납빛 그림자를 드리웠다.

그 후의 나의 행동은 궤도를 이탈한 것이었다.

다음 주 화요일은 물론 7주 연속, 우리는 레슨이 끝나면 건너편 건물에 있는 조그만 찻집에서 만나 그대로 마루야마 거리로 직행하는 관계를 계속했다. 호텔 방에 들어서면 그는 한결같이 "보고 싶어서 죽는 줄 알았어"란 애틋한 말로 나를 껴안았다. 그 품 안에서 내 몸은 전율했고, 그리고 녹아 내렸다.

나는 불륜의 꺼림칙함이 욕망의 장애물이 아니라 욕망을 더더욱 부추긴다는 것을 알았고, 그리고 꺼림칙함을 더욱 조장한다는 것도 알았다.

그는 또 그대로, 여전히 휴대전화는 꺼져 있고 밤 8시가 넘으면 돌아가 버리는 것을 책망했고, 그 답답함이 더욱 나에 대한 그리움을 부추기는 것 같았다.

물론 내가 빼도박도 못할 곳으로 향하고 있다는 것은 알고 있었다. 그리고, 나의 수영 솜씨가 늘어가면서 이 사랑이 막장으로 다가가고 있다는 것도.

그러나 한편으로는, 이 더할 나위 없이 달콤하고 사랑스러운 마법 같은 시간이 이대로 계속되기를 바라는 마음도 있었다.

늘 호텔에만 가면 멋이 없으니까, 우리 집에 오라는 그의 집요한 간청을 들어주기로 한 것은 일곱 번째 섹스 후였다.

그리고 그 날 나는 '동창회가 있어서 늦는다'고 가족에게 거짓말을 했다. 결혼 후 18년 만에, 가족에게는 처음 하는 거짓말이었다.

레슨을 끝내고 우리는 이노가시라 선 급행에 몸을 싣고 기치조지에 있는 료의 집을 향했다. 역 빌딩에서 '햄버그스테이크가 먹고 싶다'는 료의 청에 소고기 다짐육과 채소, 포도주 등을 사서 그의 집으로 갔다.

원룸인 그의 방에 도착한 나는 우선 방청소를 시작했다. 나를 위해 그 나름대로 치우고 정리를 한 모양인데, 주부의 눈에는 영 성에 차지 않았다. 하지만 그런 어리숙함이 오히려 귀엽고 흐뭇했다. 어수선하던 공간이 당장에 사랑의 공간으로 탈바꿈했다. 동시에 가족에게 거짓말을 했다는 죄악감도 어디론가 날아가 버렸다.

"미안, 그래도 내가 대충 하기는 했는데."

"괜찮아, 신경 쓸 거 없어."

"그보다, 옷 더러워지니까 갈아입어."

그렇게 말하며 그는 벽장에서 일본 체육대학의 마크가 찍혀 있는 운동복을 주섬주섬 꺼내, 내게 쑥 내밀었다.

"이거 밖에 없어서 미안하지만."

그가 쑥쓰러운 듯 웃는다. 귀여워 죽겠다. 지금 당장이라도 꼭 껴안아 주고 싶을 정도로, 귀엽다.

"아니, 괜찮아. 갈아입을 테니까, 저 쪽 보고 있어."

"알았어."

그의 방에서 늘 그가 입던 옷을 입는다.

마치 타임 머신을 타고 학생시절로 돌아간 것처럼 감촉이 간질간질했다.

"헐렁헐렁하네."

헐렁거리는 소맷자락과 바지자락을 펄럭거리며 내가 말하자, 그는 "와우, 대학생 같은데"라며 웃었다. 그럴 리 없지, 라고 생각했지만 불쾌하지는 않았다.

"청소는 그만 됐으니까, 빨리 먹을 것 좀 만들어 봐. 정말 기대된다."

그가 재촉한다.

"알았어. 금방 해 줄 테니까 텔레비전이나 보고 있어."

그렇게 말한 나는 그를 텔레비전 쪽으로 밀어내고 소매를 걷어 부쳤다. 쌀을 씻고, 거의 쓴 적이 없는 듯 얼룩 하나 없는 도마 위에 양파를 썰고, 햄버그스테이크를 만들 준비를 했다.

이때도 역시 거짓말에 대한 죄책감은 까맣게 잊고 있었다. 죄책감은 깊은 밤, 잠든 내 머리 위로 폭풍우처럼 휘몰아쳤다.

그렇다. 나는 말 그대로 자고 있었다. 저녁을 먹고 두 번 정도 격렬한 섹스를 한 나는 여느 때와 다른 행동패턴에 피곤했는지 그의 이불 속에서 그대로 잠이 들고 말왔다. 예상치 못한 실책이었다.

방 안까지 밀려들어온 눅눅한 바깥 공기에 눈을 떴다.

"으음."

습기 때문에 끈적거리는 코를 비비고, 이어 거슴츠레한 두 눈을 비빈다. 귀 기울이자 흐느껴 우는 듯 조용하게 내리는 빗소리가 들렸다. 장마비의 냄새가 사방에 가득하다. 그리고는 화들짝 놀라 제 정신으로 돌아왔다.

지금이 몇 시지?

벌떡 일어나 새파랗게 질린 채 손목시계를 본다. 시계 바늘은 새벽 2시가 약간 지난 곳을 가리키고 있었다.

큰일났다!

미리 늦는다고 말은 했지만, 늦는 것에도 한도가 있다. 이유야 어떻든 마지막 전철도 끊어진 지금은 자식까지 있는 서른여덟 살의 전업 주부에게 허용된 귀가 시간이 아니다. 아무튼, 1초라도 빨리 돌아가야 한다.

옆에서 아무 것도 모르고 천진한 표정으로 자고 있는 그가 깨지 않도록 이불에서 살며시 몸을 빼낸다. 어둠 속에서 더듬더듬 탈출에 성공한 나는 바닥에 어질러져 있는 속옷과 옷을 그러모아 소리나지 않게 허둥지둥 껴입고, 가방을 들고 그의 방에서 튀어나왔다.

소리 안 나게 문을 닫은 나는, 어두운 방에서 혼자 잠자는 그에게 미안하다고 마음속으로 중얼거리고는 택시를 잡으려고 한밤의 기치조지 거리를 달렸다.

택시를 잡아 탄 나는 "사기누마로 가 주세요"라고 달뜬 목소리로 운전사에게 말하고는 뛰느라 흐트러진 숨을 가다듬는데 의식을 집중시켰다.

크게 심호흡을 하는데, 운전사가 "사기누마요? 손님, 꽤 멀리 가시네요"라며 귀찮은 듯한 목소리로 말했다.

"죄송해요."

그렇게 사과하는 동시에 나는 불안감에 앞이 캄캄해졌다. 그렇다. 그렇게 먼 거리를 택시를 타고 가는데, 돈이 없으면 어쩐다. 가방을 뒤져 루이비통 지갑을 꺼내 안을 살핀다. 1만 엔짜리 지폐 한 장과 1천 엔짜리 지폐가 여섯 장, 그리고 동전 조금. 아슬아슬하지만 대충은 모자라지 않을 금액이다. 나는 안도의 한숨을 내쉰다.

그 순간, 이번에는 다른 걱정이 엄습했다. 지금쯤 우리 집에서는 엄마가 들어오지 않는다고 일대 소동이 벌어졌을 것이다. 지갑을 다시 넣고, 이번에는 휴대전화를 꺼낸다. 휴대전화로 가족에게 거는 첫 전화가 이런 식이 될 줄은 꿈에도 몰랐다.

뭐라고 하지. 대체 뭐라고 둘러대면 좋지.

까마득해서, 나는 잠시 좁은 택시의 천장을 올려다본

다. 숨을 한 번 들이쉬고, 시선을 천장에서 손바닥에 있는 휴대전화로 옮긴다. 나는 단단히 마음을 다지고 휴대전화의 뚜껑을 열고 전원을 켰다.

화면에는 3건의 메시지가 들어와 있었다.

'어? 료 씨가 내가 간 다음에 깨어났나?'

불길한 예감에 얼른 음성 사서함을 열었다. 그러나 목소리의 주인은 예상을 뒤엎는 인물들이었다. 그들은 불륜 상대인 젊은 애인이 아니라 남편과 아들, 그리고 딸이었다.

"엄마, 왜 전화 꺼 놨어? 지금 어디 있는 거야? 걱정돼 죽겠다. 아무튼 빨리 전화해 줘."

착신 시간은 모두 마지막 전철이 끊긴 다음인 오전 1시 이후. 세 사람은 한결같은 내용의 메시지를 남겨 놓았다.

늘 내게는 아무 관심도 보이지 않는다고 생각했는데, 뜻하지 않은 사태가 생기면 역시 이렇게 걱정한다. 평소에는 느끼지 못했던 가족의 연대감을, 그 따스함을 분명하게 인식시켜 주는 목소리였다.

메시지를 다 들은 나는 남편의 휴대전화로 전화를 걸어 사과하기로 했다. 쿵쾅거리는 가슴을 쓸어 내리며 저장돼 있는 남편의 전화 번호를 화면에 띄우고 통화 버튼을 눌렀다. 전화기를 귀에 댄다. 벨이 한 번 울리고는 금방 남편이 전화를 받았다.

"당신, 지금 뭐 하는 거야! 지금이 몇 신 줄 알기나 해!"

입을 열자마자, 남편은 나를 질타했다. 미안한 마음이 용솟음쳤다.

"미안해요! 오랜만에 만난 친구가 술에 취해서, 그래서 좀 돌봐주느라고……."

뻔한 거짓말이었다.

"그럼 그렇다고 전화라도 해야지!"

"미안해요, 빠져 나올 수가 없어서……."

"몇 번이나 전화했는 줄 알아! 휴대전화는 왜 꺼 놓는 거야!?"

"술집이 지하에 있어서 어차피 전화가 안 되니까……."

나 스스로도 어떻게 이렇게 거짓말이 술술 나오는지 놀라웠다. 료 씨를 만나면서 거짓말에도 도가 튼 것일까.

"알았으니까 빨리 와. 지금 어디야?"

"어, 여기 아오야마 근처. 지금 택시 타고 가는 길이니까."

"택시비는 있는 거야?"

"음, 대충 될 것 같아."

"아이들도 걱정하고 있어. 엄마 어떻게 된 거 아니냐고."

"아이들, 아직 안 자?"

"당연하지! 항상 집에 있는 당신이 2시가 넘었는데도 안 들어오는데. 아무리 동창회라도 그렇지, 전철도 끊겼는데 안 들어오면, 무슨 사고라도 난 거 아닌가 하고 걱정하는 건 당연한 일 아냐!"

"미안해⋯⋯. 이제 자라고 해요. 당신도 아침에 일찍 나가야 되니까, 그만 자고."

"잠이 와! 얼마나 걱정했는지 알기나 하냐고! 오늘밤에 안 들어오면 경찰에 신고하려고 했다고!"

"알았어. 별 일 없으니까. 앞으로 한 3, 40분이면 도착할 거야. 그러니까 당신 자요 그냥."

그렇게 말하고 전화를 끊었다. 한숨이 절로 나왔다. 한숨과 함께 그와의 달콤했던 시간도 기어 나왔다. 그리고 그 자리를 눅눅한 밤공기가 메웠다.

집 앞에 내린 나는 그만 그 자리에 우뚝 서고 말았다. 깊은 밤의 주택가에 어울리지 않게, 온 집에 불이 휘황하게 켜져 있었다.

짓누르는 듯한 자책감으로 현관을 열자, 아니나 다를

까 남편과 아이들이 떡 버티고 서서 내가 돌아오기를 기다리고 있었다. 튤을 벗고 있는데, 세 사람에게서 한꺼번에 비난의 화살이 날아왔다.

나는 그저 몇 번이고 "미안해"와 "이제 그만 자"를 되풀이 할 수밖에 없었다. 우리 집이 평소의 밤과 같은 정적을 되찾은 것은 3시가 지나서였다.

겨우 정신을 차리자 후텁지근한 장마비와 땀으로 눅눅한 몸에 피로가 몰려왔다. 나는 가족들이 모두 잠든 후 미련없이 료 씨의 흔적을 지우려 목욕탕으로 향했다.

옷을 벗다가, 팬티를 뒤집어 입었다는 것을 알았다.

꼴사나웠다. 어이없었다.

'대체 내가 무슨 짓을 하고 있는 거지.'

거울에 비친 내 얼굴을 보았다. 마스카라가 번져 눈 밑이 거뭇거뭇했다. 봐 줄 수가 없었다. 갑자기 웃음이 터져 나왔다. 그것은 천박하기 그지없는 자신에 대한 조소였다.

팬티를 벗고 욕조에 들어가 수도꼭지를 한껏 틀었다. 모든 것을 씻어 내고 싶어서, 아플 정도로 몸을 비벼 댄다. 더 이상 마법에 걸려 있었다가는 언젠가는 가장 소중한 것을 잃어버린다.

42도의 뜨거운 물을 맞으면서 나는 결심했다.

헤어지자. 그에게 사실대로 얘기해야 한다.

뜨거운 물방울이 몸을 타고 내렸다. 동시에 미적지근한 눈물이 눈에서 넘쳐 볼을 타고 흘렀다. 두 가지 수분이 혼연일체가 되어 배수구로 빨려 들어갔다.

그를 위해서, 젊은 남자에게 안기기 위해서, 매일 밤 정성스럽게 온몸을 씻고 발꿈치 굳은살을 돌로 비벼 댔다. 바디 로션까지 발라 가며 갈고 닦은 서른여덟 살의 몸이 슬프고 서러웠다.

늘 가는 찻집이 아니라 그 레스토랑에서 만나자고 한 것은 료였다.

레슨 마지막 날, 25미터 완영 시험을 보는 날.

석 달 동안 빠지지 않고 열심히 노력한 보람이 있어 그토록 고생스러웠던 숨쉬기도 무사히 통과, 나는 보란 듯 시험에 합격했다. 정말 순수하게, 기쁜 결과였다.

물살을 가르며 25미터를 완영하고 물에서 나와 후련한 성취감에 싸여 출발 지점으로 돌아오자, 아줌마들 사이에서 "교카 씨, 해냈네!", "축하해" 하고 박수갈채가 일었다.

그 환성에 섞여 선생님인 료 씨도 "축하합니다!" 하고 외치고는 스쳐 지나는 찰나에 내게 속삭였다.

"오늘은 SELAN에서 기다릴게."

"어…… 알았어."

가능하면 평소대로 스포츠센터 건너편에 있는 조그만 찻집에서, 라디오에서 흘러나오는 옛 노래를 듣고 엷은 커피를 마시면서 일을 끝내고 싶었다. 두 사람의 관계가 막을 올린 신성한 장소에서 진실을 털어놓는다면 추억까지 더럽혀질 것 같아 싫었다. 하지만 벌이라고 생각했다.

두 사람의 추억을 깨끗한 그대로 남기다니, 내 뻔뻔스러운 소망에 지나지 않았다. 그는 내 거짓말에 상처를 입을 것이고, 이 사랑은 그에게 아름다운 추억 따위 남길 리 없을 테니까.

SELAN의 눈부신 청결함에 주춤거리면서 발을 내딛는데 테라스에서 "교카 씨, 여기 여기!" 하고 밝은 목소리가 들렸다.

"앗…… 응."

얼굴의 근육이 떨렸다. 나는 그가 기다리는 테라스로 향한다. 미리 주문해 놓았는지, 테이블 위에는 포도주를 담은 잔이 황금색으로 빛났다.

"왜 그래? 기분 안 좋은 일 있어?"

내 표정을 읽었는지, 의자에 앉자마자 당장에 그는 걱

정스러운 얼굴로 내 얼굴을 쳐다보았다.

"으응, 아니."

"그래? 그렇다면 다행이고……. 그건 그렇고 교카 씨, 지난주에 우리 집에 왔을 때, 왜 아무 말도 없이 가 버렸어. 나, 자고 가는 줄 알았는데."

"……"

대답할 말이 없었다.

"또 할 일이 있었어?"

"아니, 그런 건 아니고."

"몇 시 쯤에 간 거야?"

"2시 쯤인가."

"그럼 깨우지."

"곤히 자고 있어서. 그리고 나는 어차피 택시 타고 갈 거니까."

그런 변명으로 둘러댈 때가 아니었다. 한시라도 빨리 사실을 털어놓지 않으면 결심이 무너질 것 같았다.

"아니, 됐어. 뭐 다 지나간 일이니까."

포기한 표정으로 그렇게 말하고는 그 역시 말이 없었다. 그 틈에 "저기……" 하고 내가 말을 꺼냈는데 거의 동시에 그도 "그보다" 하고 입을 열었다. 그래서 나는 "어, 뭔데?" 하고 그에게 순서를 양보하고 말았다. 나 자신도 어서 빨리 진실을 밝히고 싶은 것인지, 아니면 계속 미루고 싶은 것인지 알 수 없었다.

"오늘 말이야, 시험에 합격한 거 축하해. 석 달 전까지 물에 들어가는 것조차 무서워했던 사람 같지 않던데, 전혀."

"어어, 고마워."

"내가 얼마나 기도했는 줄 알아, 저 끝까지 교카 씨가 아무쪼록 무사히 수영할 수 있게 해 달라고 말이야."

"그랬어, 정말 고마워."

"에이, 그런 무성의한 대답이 어딨어, 난 진지하게 응원했는데."

"어, 미안."

"교카 씨, 정말 열심히 했으니까, 잘 된 거잖아. 나, 기억나. 이 레스토랑에서 교카 씨가 '수영할 수 있었으면 좋겠다' 고 흥분해서 한 말. 그때 얼마나 귀엽던지."

"어머, 나 흥분 안 했어."

어리광을 피우듯 얘기하는 자신이 혐오스러웠다. 그는 겨우 평소의 나로 돌아온 말투에 안심하듯 소리내어 웃었다.

"아무튼, 오늘은 축하해. 나도 기뻐. 마치 내가 해낸 것처럼 기뻐서 어쩔 줄을 모르겠어. 그래서 축하해 주려고."

"축하?"

"응, 축하. 나 오늘은 교카 씨가 무슨 일이 있어도 끝까지 해낼 거라고 믿었으니까. 그래서 별 거는 아니지만 어제 이거 사 놨어. 그리고 둘이 처음 만난 추억의 장소에서 주고 싶어서."

그는 그렇게 말하고 싱글벙글 웃더니 꽁무니에 감춰 둔 엷은 하늘색 종이 봉투를 꺼내 테이블 위에서 툭 올려놓았다. 티파니의 종이 봉투였다.

"이건?"

"축하 선물. 이런 거 나 잘 모르니까 백화점에 가서도 뭘 사면 좋을지 몰라서, 그래서 여자 후배한테 슬쩍 의견도 물어 보고, 꼴불견이지만. 마음에 안 들면 어쩌지. 아무튼 열어 봐."

그의 말을 끝까지 듣지 못하고, 경계했던 눈물이 쏟아졌다.

"어어, 교카 씨, 또 우네! 왜? 왜 우는데? 왜 여기만 오면 교카 씨를 울리게 되는 거지? 교카 씨! 왜 그래?"

두 달 전에 이 레스토랑에서 그랬던 것처럼 그는 테이블 너머로 두 팔을 뻗어 내 어깨를 잡고 흔들었다. 그 움직임에 내 눈물샘이 덩달아 여려져, 눈물이 볼을 타고 흘러내렸다.

"미안해요, 료 씨!"

흔들리는 몸 속에서 나는 비명과도 같은 목소리를 쥐
어 짜냈다.

"미안해! 나…… 나."

"왜? 무엇 때문에 그래?"

걱정하는, 그리고 나를 굳게 믿고 있는 그의 눈빛을 보
자 결심이 흔들릴 것 같았다. 그 유혹을 뿌리치듯 크게
숨을 들이쉬고 말했다.

"나, 료 씨한테 숨기는 거 있었어!"

그리고 그가 뭐라 말할 틈을 주지 않고 말을 이었다.

"나, 사실은 서른 살 아니야! 나 서른여덟 살이야."

그의 얼굴을 볼 용기가 없어서 고개 숙인 내게도 그가
숨을 헉 하고 삼키는 소리가 들렸다. 그리고 내 어깨를
잡은 두 손에서 스르륵 힘이 빠지면서 움직임이 사라지
는 것도 느껴졌다.

"서…… 서른여덟 살?"

중얼거리듯 토해 내는 그의 목소리를 들으면서, 나는
눈을 꼭 감았다가 다시 뜨고는, 이번에는 고개를 들고
마지막 심판을 기다리듯 그의 눈을 똑바로 쳐다보았다.

"그리고 또 있어. 나 결혼한 사람이야. 아이도 있고. 그

것도 둘이나. 첫째가 고등학교 2학년이야. 나하고 료 씨보다 우리 딸하고 료 씨 나이가 더 가까워. 학원 강사 한다는 말도 그때 그냥 둘러댄 거짓말이고. 내 정체는 아무 힘없는 전업주부야."

줄줄이 밝혀지는 내 거짓말에 그의 눈이 처음에는 놀람, 그 다음은 당혹, 그리고 점차 분노로 변해 갔다. 나는 그 변화를, 그 분노를 받아들이려고 필사적으로 눈에 힘을 주었다. 주위의 온갖 소리가 차단된 듯한 침묵 속에서 우리 서로는 눈빛만 주고받았다.

먼저 눈을 돌린 것은 그였다. 그리고 그 의미는 나에 대한 조소였다. 그 자신에 대한 조소이기도 했다.

"그만 됐어. 이제 알았으니까."

마지막으로 찌를 듯한 시선으로 나를 힐끗 쳐다본 그는 전표를 집어들고 일어섰다.

내가 말없이 티파니 봉투를 내밀자, 그는 그 손을 뿌리치며 경멸에 찬 노골적인 표정으로 말을 내뱉었다.

"나를 데리고 논 기념으로 그냥 주지 뭐."

그리고는 한 번도 뒤돌아보지 않고 레스토랑을 나갔다. 그의 등이 시야에서 사라지는 것을 확인한 나는 바닥에 떨어진 티파니의 종이 봉투를 천천히 집어들었다.

늘 둘이서 손을 잡고 걸었던 아오야마 거리에서 시부야로 가는 길을 막상 혼자 걷자니 한없이 멀기만 하여 사랑의 종막이 실감으로 다가왔다.

지난 두 달 동안에 낯이 익은 언덕길을 오른다. 언덕 중간쯤에 있는 극장에 눈에 들어와, 나는 별 의미도 없이 발을 들여놓았다.

평일 오후. 빈자리가 눈에 띄는 극장 안, 나는 한 가운데에서 약간 뒷줄에 앉아 왼손에 들고 있었던 종이 봉투를 열었다. 네모난 하늘색 상자 속에 오픈 하트 은목걸이가 내 쪽을 보고 다소곳이 앉아 있었다.

그것에 살짝 손을 대자, 지금까지 참았던 눈물이 차 오르고 오열이 터져 나왔다. 이상히 여기는 주위의 시선도 그 사태를 막지는 못했다.

두 손으로 눈물을 닦으면서 나는 목걸이를 상자에서 꺼내 목에 걸었다. 그리고 잠시 후 실내에 '뿌' 하는 부저 소리가 울리면서 조명이 꺼지자, 영화가 상영되었다.

뒤죽박죽 미국산 이류 코미디영화였다. 물론 이전부터 보고 싶었던 영화도 아니었으니, 내용 따위 아무래도 상관없었다. 나는 영화가 상영되는 두 시간 내내, 엉터리 사운드 트랙과 우스꽝스런 효과음을 배경으로, 목에 건 조그만 하트를 꼭 쥔 채 하염없이 눈물을 흘렸다.

"그럼 엄마는 짐 지키고 있어!"

파라솔 아래서 꼼꼼하게 자외선 방지 크림을 바르고 있는 내게 기다리다 못한 딸이 말했다.

그로부터 한 달 후, 우리 가족에게는 1년만인 에노시마의 여름이 찾아왔다.

나는 천천히 선글래스를 벗고, 해마다 들어야 했던 그 대사에 반응했다.

"싫어, 미사키가 짐 지켜."

딸이 여우에게 홀린 듯한 표정을 짓는다.

"엄마 헤엄치고 올 테니까, 너희 둘이서 여기 지키고 있어, 알았지?"

무슨 소리냐는 듯 이상한 표정을 지으며 유타가 말한다.

"엄마, 무슨 뚱딴지같은 소리야. 엄마는 수영 못 하잖아."

"어이. 튜브 같은 거 안 가져 왔으니까."

남편도 똑같은 표정으로 내 얼굴을 보았다.

"엄마, 괜한 오기 부리지 마. 여기서 보고 있으면 되잖아."

아이들이 입을 모아 말한다.

"아니, 엄마도 할거야. 할 수 있어."

그렇게 말한 나는 바다를 향해 모래사장을 달렸다.

"엄마가 수영하는 거, 잘 봐!"

어이없어 멍하고 있는 가족들을 뒤돌아보며 외치고는 스포츠센터에서 배운 완벽한 폼으로 물살을 갈랐다. 한 달만에 느끼는 온몸을 감싸는 시원한 바닷물이 상쾌했다.

한차례 수영을 하고 상큼한 얼굴로 파라솔로 돌아오자, 남편과 아이들이 입을 쩍 벌리고 기다리고 있었다.

"엄마, 어떻게 된 거야? 언제 수영 배웠어?"

"당신 제법이던데."

"아이 참, 엄마 어떻게 된 거냐고?"

셋은 놀람을 감추지 못한다.

"우후후후…… 엄마, 사실은……. 아니 됐어! 비밀!"

그렇게 말하며 의미심장하게 미소짓고는 나는 다시 소녀처럼 모래사장을 달려 바다를 향했다.

가드닝

"축하합니다! 단 한 분께 드리는 특상, 컴퓨터 당첨입니다!"

달그락달그락 돌아가던 복권 기계에서 금색 구슬이 쟁반으로 톡 떨어지자, 복권 가게 아저씨가 소리를 질러 댔다. 덩달아 옆에 있던 아줌마 부대가 짝짝 박수를 쳐 댔다.

"어이, 후타바 짱, 축하해! 이제 그 네튼지 뭔지 하는 거 할 수 있겠네."

머리띠를 동여맨 아저씨가 안 그래도 빨간 얼굴을 더욱 붉히고 말한다.

"에이 아저씨는, 인터넷이죠."

"어어, 그렇지 그렇지, 인터넷."

"아저씨 그래도 인터넷이란 말까지 아시네요."

"암, 아저씨라고 깔보면 못 쓰지, 이래 봬도 세상 돌아가는 데는 훤하다고."

"그래도 당첨될 거면 차라리 온천 여행 티켓이 좋았는데. 컴퓨터는 있어봐야 쓰지도 않을 테고."

그렇게 말하는데 텐트 안 쪽에 있던 남자가 "안 됐네, 후타바, 컴퓨터가 걸려서!"라고 소리쳤다.

"어머, 신 짱이 웬일이야? 이런 데?"

신 짱이 내 쪽으로 걸어나왔다.

"우리 가게도 협찬하고 있거든. 컴퓨터, 우리 가게에서 내 놓은 경품이야."

"아아, 그랬구나."

신 짱은 여기 스가모 상점가에서 전자제품 가게를 하고 있는 내 어린 시절 친구다. 어렸을 때는 "절대 전자제품 가게에서 썩지 않을 거야!"라고 큰 소리를 치더니, 결국은 아버지의 뒤를 이어 가게에 눌러앉았다. 물론 그 말고도 이 상점가에는 어린 시절 친구가 많다.

"나, 이런 거 갖다 줘 봐야 쓸 일이 없는데."

"하기야, 후타바는 옛날부터 초 기계치였으니까. 그 팩스 얘기 들었을 때 얼마나 웃음이 나오던지. 뭐 후타바 다운 일화지만."

"또 그 소리!"

내 벼락같은 고함 소리에 아저씨가 끼어들었다.

"뭔데 후타바 짱의 팩스 얘기라는 게?"

"후타바, 저기 우체국에 다니잖아요. 그곳에서 어디론가 팩스를 보냈는데, 상사가 '아까 보낸 팩스 좀 보여 달라'고 그랬대요. 그런데 '지금 보내서 그 쪽으로 가 버렸는데요'라고 대답했다는 거예요. 하하하하!"

"하하하! 그거 후타바 짱답네. 이 아저씨도 팩스는 제대로 보낼 줄 아는데."

"참 내 아저씨는. 그건 벌써 10년 전 얘기라고요! 신짱, 네가 그 얘기를 어떻게 알고 있는데."

"이런 멍청하긴. 이렇게 좁아 터진 동네에서 어떻게 모르겠어. 아저씨가 모르는 게 기적이지."

갈수록 넌더리가 난다. 손가락 하나 까딱해도 온 동네에 알려지고 만다.

"그래도 요즘 세상에 젊은 사람이 컴퓨터 정도는 다룰 줄 알아야지. 안 그러면 시대에 뒤떨어져서 산송장 신세야."

내 어두운 표정에 신 짱의 말이 겹쳐진다.

"시끄러워 좀. 그 젊은 사람이란 말, 아저씨들이 하는 말 아니야. 그리고 내 나이 서른여섯이니까 젊지도 않다고. "

"뭐 그렇게 비관할 거 없잖아. 여기 금방 끝나니까, 컴퓨터 들고 가서 연결해 줄게, 기다리고 있어."

"그런데 신 짱, 뭐 하러 가게에 컴퓨터 들여왔어? 할아버지 할머니들밖에 안 사는 이런 동네에서 컴퓨터가 팔릴 리 없잖아."

"거 되게 아픈 소리하네. 하기야 지금 생각해 보면 후타바의 말이 맞기는 하지만, 이거 들여놓을 때는 이 스가모에도 IT의 파도가 밀려오나, 하고 기대를 했던 거지."

신 짱은 열심히 컴퓨터를 연결하면서 입을 움직인다. 컴퓨터는 가게에서 거실로 들어가는 입구, 전화기가 놓여 있는 상 위에 놓였다.

"신 짱 오랜만이군. 아니 그런데 이건 다 뭐야, 컴퓨터 잖아?"

"안녕하세요, 아저씨! 이거 후타바가 당첨되서 받은 거예요!"

아버지의 말에 신 짱이 나긋나긋하게 대답한다.

"그래, 우리 집에도 드디어 컴퓨터라는 게 들어왔단 말이지……."

아버지는 말은 그렇게 하면서도 별 관심 없다는 듯 앉은뱅이 상 앞에 앉아 텔레비전을 켰다. 신 짱을 나를 돌아보면서 말했다.

"아 참, 후타바, 지난번에 선 봤다면서?"

"기가 막혀, 어떻게 그런 정보까지 귀에 들어갔어? 누구한테서 들은 거야, 어?"

"야, 팩스 사건보다 더 유명한 얘긴데 내가 왜 몰라. 그 사람 아냐? 저기 장어구이집 아줌마가 소개해 줬다는 그 사람?"

"뭐야? 어떻게 그런 것까지. 참 내, 어이가 없어서."

"그 아줌마가 이 동네 사람들한테 다 떠들고 다니는데 뭐. 하하하하."

"……."

나는 아줌마의 얼굴을 떠올리고는 '수다쟁이 아줌마'라고 마음속으로 욕했다.

"후타바 짱, 이 쪽은 히사타 도시오 씨. 나이는 음, 서른……."

"서른여섯입니다."

"그래 맞아, 서른여섯이었지. 후타바 짱하고 나이가 같지 아마."

"네."

"처음 뵙겠어요, 후타바 씨."

"아, 네."

이케부쿠로에 있는 메트로폴리탄 호텔 1층의 커피숍. 두 달 전 도시오 씨와 처음 만난 장소다.

"후타바 짱은 말이죠, 우리 동네에서도 평판이 자자한 우량아예요. 초, 중, 고등학교 다니는 12년 동안 한 번도 지각 결석 안 해서 개근상을 받았다니까요."

"아줌마는 그런 옛날 얘기를 이런 데서 뭐 하러 꺼내요."

"어머, 얘는 좋은 일이잖아. 참 우체국에 들어가서도 개근상 받았잖아. 이건 가슴을 쫙 펴고 자랑할 일이라고. 그렇죠? 히사다 씨, 안 그래요?"

"네, 물론이죠. 아주 좋은 일입니다!"

"그래도 그렇지, 우량아가 뭐예요. 내 나이 서른여섯이라고요, 아(兒)자가 붙을 나이가 아니잖아요."

작은 소리로 투덜거리는 나를 무시하고 아줌마는 "아이고 내가 더 나설 자리가 아니지. 자 그럼 둘이서 얘기를 나눠요. 나는 그만 퇴장할 테니까"라며 엉덩이를 들었다.

이십 대에는 그런 대로 중매가 들어왔는데, 삼십 대에

들어서자 그 수가 확 줄었다. 오늘 같은 자리도 얼마만
인지.

도시오 씨는 서 이케부쿠로 선을 타고 이케부쿠로에서
세 번째 역인 에코다에 있는 상점가 '에코다 긴자'에서
두부가게를 하는 집의 둘째 아들이고, 현재는 스루가 신
용금고에 다닌다고 한다. 그 나이에 결혼 경력은 없고,
차남이라 가업을 이을 필요도 없어 쌀과자가게를 하는
우리 집에 데릴사위로 들어가도 무방하다고 생각하는,
아줌마의 말을 빌리면 우리에게는 '횡재'인 신랑감이다.

하지만 나는 맞선을 보기에 앞서 마음에 걸리는 것이
있었다.

하필이면 아줌마는 성인식 때 기모노를 입고 찍은 내
사진을 도시오 씨에게 보여 준 것이다.

"애는, 스무 살 때 찍은 사진이라고 분명하게 말했으
니까 괜찮아."

"후타바 짱은 스무 살 때하고 하나도 변한 게 없으니
까 걱정 말라니까."

아줌마는 이런 말로 나를 위로했지만, 괜찮을 리가 없
다. 아무리 그래도 그렇지 서른여섯 살인 내가 스무 살
때하고 하나도 변한 게 없을 리 없다. 그 정도는 나 자신
을 볼 수 있는 눈이 있다. 아줌마의 그 대충대충 넘어가

려는 너스레가 얄미웠다.

그리고 또 나는 이 횡재와의 맞선에는 별 구미가 당기지 않았다. 지극히 평범한 서른여섯 살 회사원 수준의 외모가 마음에 들지 않은 것이 아니다. 이유는 다른 데 있다.

신용금고에 우체국. 에코다 긴자의 두부가게에 스가모 상점가의 쌀과자가게.

여기나 거기나. 도시오 씨와 내가 사는 세계는 너무도 비슷했다. 어울린다고 하면 어울릴 수도 있는 커플이다. 하지만 '너무 비슷하다'는 것이 치명적이었다.

36년 동안 이 환경에 푹 파묻혀 지낸 이 인생에서, 이 생활에서 뛰쳐나가고 싶었다. 도망치고 싶었다. 내가 모르는 전혀 다른 세계로.

"저, 도시오 씨."

"네?"

단 둘이 남자, 과감하게 말을 꺼냈다.

"죄송해요, 이렇게 나이먹은 아줌마가 나와서."

"예? 그 죄송하다는 말, 무슨 뜻인가요?"

"그러니까, 그 사진이요. 나도 나중에 듣고서 깜짝 놀랐어요. 미안해요. 도시오 씨가 본 그 사진은 내가 스무 살 성인식 때 찍은 거잖아요. 그런데 정작 이 자리에 나온 사람은 서른여섯 살 아줌마니⋯⋯."

"그런 말 마세요, 후타바 씨. 사과하지 않아도 괜찮아요. 나, 오늘을 얼마나 기다렸는데요. 사진 속에 있는 스무 살의 후타바 씨가 어떤 식으로 나이를 먹어서 서른여섯 살이 되었을까 하고 말이에요."

"⋯⋯ 그냥, 결혼도 못 하고 나이만 먹은 아줌마죠 뭐."

나는 약간 고개를 숙이고 삐딱한 시선으로 도시오 씨를 올려다보면서, 조심조심 반응을 살폈다.

"아니오, 전혀 그렇지 않습니다! 정말 솔직하게 말씀드려서, 아주 멋지게 나이를 먹었다는 인상을 받았습니다."

"멋지다니, 그럴리가요! 얼굴을 못 들겠군요."

나는 굳은 표정으로 손바닥을 얼굴 앞에다 좌우로 흔들면서 부정했다. 그 과도한 몸짓에 도시오 씨는 살짝 미소지었다.

"그리고 그 손."

"네, 손?"

맞선을 보는 자리에 매니큐어 정도는 바르고 나와야 하는데, 그런 상식조차 까맣게 잊은 나의 손은 서른여섯 살은커녕 할머니의 손처럼 주름져 있었다. 부끄러워서 얼른 손을 등 뒤로 숨겼다.

"죄송해요, 손이 더러워서."

"죄송할 것 없습니다. 후타바 씨, 나는 그 손이 특히 멋지다고 생각합니다."

"네?"

"요즘 여자들은, 뭐랄까, 무슨 아트라고 하던데, 손톱을 길게 기르고 갖가지 색으로 칠하고 붙이고 하는 사람들이 많잖습니까. 나는 그런 손을 볼 때마다, 저거 저러다가 언젠가는 어디에 걸려서 손톱이 빠지는 거 아닐까 하고 걱정스러워서 견딜 수가 없거든요. 무지 아픕니다, 손톱 빠지면. 그리고 그런 손으로 쌀을 씻고 반찬을 만드나 하고 생각하면, 왠지 안 됐다는 기분도 들고. 그런데 후타바 씨의 손은, 정말 귀엽고 따뜻하다고나 할까, 아무튼, 나는 후타바 씨의 손 같은 손을 멋지다고 생각합니다."

나도 네일 아트는 좀 겁이 나지만, 매니큐어를 바르지 않은 손을 좋아하는 것은 그렇다 치고 이 손이 칭찬 받을 만한 손이라고는 생각하지 않는다. 도시오 씨의 말에 억지가 있다고 생각했다.

"난, 집에서나 우체국에서나 심심하면 흙을 만지작거리니까, 이렇게 거칠어져서, 손톱 속에 흙이 다 들어가 있고, 들러붙어서 잘 떨어지지도 않아요."

"정원 꾸미기를 좋아하신다고요. 소개서에도 그렇게 쓰여 있더군요."

그렇다. 스가모의 상점가에서 태어나, 성은 구루마다요 이름은 후타바. 이 동네를 벗어나 본 적도 없고, 하나뿐인 여동생은 언니인 내가 분골쇄신 뒷바라지를 할 새도 없이 시집을 갔고, 나는 태어난 자리에 푹 파묻혀 36년, 게다가 직장은 같은 동네에 있는 우체국, 취미는 정원 꾸미기. 이 소박한 소개서를 보고 도시오 씨는 과연 서른여섯 살의 어떤 여자를 상상했을까.

"자, 다 됐다. 후타바, 여기 클릭해 봐."

컴퓨터를 다 연결한 신 짱이 내 어깨를 툭툭 쳤다.

"클릭? 갑자기 그런 거 하면 망가지는 거 아냐?"

"망가지기는. 여기 브라우저라고 돼 있는 아이콘을 더블클릭하면, 인터넷에 바로 연결돼."

"자, 자, 잠깐! 느닷없이 무슨 인터넷이야. 나, 못 해, 그런 거 나 할 줄 모른다고!"

"뭘 못 해."

"어떻게 그렇게 먼 데……."

"뭐? 무슨 소리야? 뭐가 멀다는 거야?"

"그 네튼지 뭔지 하는 거, 나 잘 모른다고. 거미줄 같은 망이 어디 쳐져 있는 거야? 컴퓨터는 여기 있는데, 어떻게 거기에 연결이 되냐고?"

"전화선을 사용하니까 그렇지. 너는 지금 여기 있으면서 먼 데 있는 사람하고 통화하잖아."

"전화야, 그렇지. 하지만 인터넷은, 그림이나 글자, 사진 같은 영상도 화면에 뜨잖아? 대체 그런 게 어떻게 나오느냐고? 이상하잖아. 뭘 어떻게 하길래 이 화면이 어디하고 연결되는지, 나, 잘 모르겠어. 신 짱, 이상하잖아?"

나는 컴퓨터 앞에서 고집을 피운다.

"아이고 머리야. 참 말도 많다. 뭐라고 조잘거리지 말고, 일단 그냥 연결해 보면 되잖아. 여기서 키만 탁탁 치면, 네가 알고 싶은 정보를 언제든지 검색할 수 있다고. 같은 취미를 가진 친구들도 생기고. 어차피 너는 스가모 밖에는 아는 사람도 없잖아?"

"치, 신 짱도 없는 건 마찬가지잖아."

"이런 멍청이! 난 있어. 이래 봬도 나, 마누라 친정하고도 잘 지내고 있다고. 그건 그렇고 아무튼 일단 해 봐. 내가 옆에서 가르쳐 줄 테니까. 봐, 여기를 이렇게 더블클릭하라고!"

"알았어, 하면 되잖아, 하면."

나는 마우스라고 하는 둥그런 플라스틱 뭉치를 손에 쥐고 집게손가락으로 틱틱 눌렀다.

등 뒤에서 반주를 마셔 기분이 좋아진 아버지가 늘어진 목소리로 말한다.

"신 짱, 무슨 말이든 상관없으니까 우리 한심한 노처녀 좀 잘 교육시켜 봐."

신 짱은 "네" 하고 대답하고는 순간적으로 말을 잇지 못한다.

"신 짱, 신 짱, 이래서 어떻게 되는데?"

나는 잠자코 있는 신 짱을 닦달한다.

"좀 가만히 기다려 봐. 앗, 됐다, 연결됐다. 그럼 잘 봐, 여기서 야후에 연결하고, 그 다음은 네가 가고 싶은 데로 가면 되는 거야."

"야후? 그게 뭔데?"

"야, 너, 야후도 모르냐?"

신 짱은 그렇게 말하며 화면 위쪽에 'yahoo.co.jp'라고 키를 두드리고는 엔터키를 탁 눌렀다.

"알겠어, 야후라는 것은 다양한 홈페이지로 갈 수 있는 검색엔진이야."

"엔진? 엔진이 달려 있어, 이 컴퓨터에?"

"으휴. 설명을 해봐야 소용없겠다. 아무튼, 지금 야후에 연결됐으니까, 아, 떴다. 자, 보고 싶은 정보나, 관심사, 옷이나 화장품, 먹을거리, 그런 거 말해 봐."

"있을 거 같아?"

"없지, 그런 건 없지. 자 그럼, 쌀과자 굽는 법으로 가 볼까?"

"나 그런 거 관심 없어! 아 참, 정원 꾸미기."

"너 그런 할망구 같은 취미 있었니?"

"뭐가 어때서."

"알았으니까, 기죽을 거 없고, 정원 꾸미기라, 정원 꾸미기."

신 짱은 화면에 떠 있는 '취미와 스포츠' 란 글자에 커서를 맞추고 그 곳을 클릭했다. 다음 화면이 나오자 화면의 공백 부분에 '정원 꾸미기' 라고 또 글자를 두드렸다. 그러자 '정원 꾸미기' 란 단어가 들어 있는 타이틀이 주르륵 화면에 등장했다.

"이제 자기가 보고 싶은 곳에다 커서를 맞추고 클릭하면 보고 싶은 홈페이지가 뜰 거야."

"이게 그 네트 서핑이라는 거야?"

"그래, 이제 좀 알겠냐? 이 야후를 즐겨찾기에 넣어 둘 테니까, 위에서 끌어와서 맞추기만 하면, 그 다음은 공백 부분에다 찾고 싶은 말을 쳐 넣기만 하면 돼. 그럼 뭐든지 찾고 싶은 걸 찾을 수 있으니까, 알겠지?"

화면에 정신을 파느라 내 귀에는 신 짱의 설명이 거의 들리지 않았다. 그리고는 일찌감치 화면에 붙박이가 되고 말았다.

"와, 신 짱! 이 사진 좀 봐, 정말 굉장하다!"

"그렇지? 그렇게 이리저리 드나들다 보면 엄청 공부되겠지?"

"잠깐, 잠깐만 신 짱! 이거, 어떻게 하면 다음 거 볼 수 있지?"

"이 왼쪽 위에 있는 돌아가기 표시를 누르니까 앞의 화면으로 돌아가지? 그리고 다른 홈페이지에 커서를 맞추고 클릭하면 되는 거야."

"앗, 정말이네! 와, 이 사람네 정원 굉장하다!"

한동안 나는 이런저런 홈페이지를 드나들며 놀라고 또 놀랐다. 그런 내게 안심했는지, 신 짱이 말했다.

"선 본 거, 잘 되어 가고 있지?"

나는 손을 멈추고 신 짱에게로 몸을 돌린다.

"응, 일단은……."

나는 '일단은'이라고 말꼬리를 얼버무렸다. 솔직하게, 잘 되어 가고 있다고는 말하기가 껄끄러웠다.

"좋은 사람이지?"

"글쎄, 좋은 사람인지 어떤지는 잘 모르겠지만, 아무튼 같이 있으면 편안한 느낌이야, 하지만……"

"뭐가 하지만이야. 그러면 충분하지. 더 이상 따지고 들 처지가 아닐 텐데, 너."

신 짱 말대로 많은 것을 바랄 처지가 아니라는 것은 잘 알고 있다. 하지만, 나는 아직도 적극적으로 나서지 못하고 있다. 태어나서 지금까지 스가모에 살고 있는 신 짱에게는 미안한 일이지만.

"하기야 그렇긴 하지만……"

"일단 일은 추진되고 있는 거지?"

"글쎄, 그 다음에 두세 번 만나기만 했는데."

"제대로 잘 되어 가고 있는 것 같은 데 뭐."

나는 다시 시선을 화면으로 돌렸다.

"그런가…… 나도 잘 모르겠는데."

"하기야 요상한 소문 한번 안 난 여자니까, 너는."

"……"

신 짱이 걱정스럽게 말한다. 아내를 맞아 아이까지 낳고 훌륭하게 가업을 잇고 있는 신 짱이 지금의 내 처지를 걱정하는 것은 어쩌면 당연한 일인지도 모르겠다.

지금까지 내가 남자와 전혀 사귄 적이 없는 것은 아니

다. 그러나 한심한 얘기지만, 나의 행동 범위는 과장하여 고백한들 반경 5킬로미터 이내. 이 스가모에서 초중고를 나온 내가 아는 사람이라고는, 한 동네 사는 어렸을 적 친구들과 그들의 부모님, 그리고 상점가 아저씨 아줌마들뿐이다.

직장도 자전거를 타고 5분 거리에 있는 우체국이니, 내 얼굴이 통용되는 세계는 점점 더 좁아질 뿐. 연애 사건도 모두 그 세계 안에서 벌어졌다. 지금이야 이렇게 얼굴을 마주보고 웃을 수 있지만, 실은 열여섯 살 때 신짱과 잠시 사귄 적이 있었다. 그래 봐야 학교가 끝나고 같이 자전거를 타고 돌아오는 정도의 어설픈 것이었지만. 그리고 그런 상태마저도 석 달만에 끝장이 났지만.

직장을 몇 년 다니다 보면 지금의 상황이 큰 변화없이 지속되리란 것쯤은 쉬 알 수 있다. 새로운 만남 따위, 가끔가다 신입 사원이 들어올 때뿐이다. 그것도 연애로 발전할 리 없는 만남이다. 우체국 직원은 열 명 정도. 그 대부분이 스가모 주변에 사는 사람들이다. 신입은 모두 연하. 환경이 이러니 섣불리 우체국 내에서 연애 사건이 벌어질 리 없다. 실제로 내가 아는 한 국내에 그런 사람은 한 명도 없다. 물론 나 자신을 포함해서.

"그 사람, 신용금고에 다닌다면서?"

"어, 응, 그렇대."

"그럼, 컴퓨터 웬만큼 다룰 줄 알겠네."

"글쎄…… 잘 모르겠는데, 그런 얘기 나눈 적 없으니까."

"알고 있을 거야. 그러니까 앞으로 모르는 거 있으면 그 사람한테 물어 봐."

"……"

"너 그 나이에 휴대전화도 없지, 자기 방에도 전화 하나 없지. 게다가 유일한 연락수단인 집 전화는 컴퓨터에 연결되어 있지, 앞으로 어떻게 그 사람하고 연락할 거야."

"…… 그건 그렇네."

"앞으로는 네가 적극적으로 그 사람에게 전화도 하고 메일도 보내고 그래."

"나, 그 메일이란 거, 아직 이해가 안 돼. 문장으로 뭘 전하고 싶으면 편지를 보내야지. 우체국이 그래서 있는 거니까. 펜으로 종이에 써서 우체통에 넣거나 우체국에 가서 부쳐야지. 그리고 답장을 받고. 그런 게 서로 마음을 주고받는 거 아냐. 그런데 메일이 다 뭐야? 타닥타닥 글자 두드리는 순간 저 쪽에서 받는다면서? 멋대가리 없게. 편지를 주고받는 재미가 하나도 없잖아."

"아직도 그 시대착오적인 사고 방식에 사로잡혀 있니. 알았으니까 그만 조잘대고 아무튼 그 사람에게 가르쳐 달라고 해. 메일도 보내고. 나보다 훨씬 잘 할지도 모르니까, 알았어?"

"어, 알았어."

"그리고 데이트하러 나갈 때는, 화장도 좀 해."

"역시 화장을 하고 다녀야 하나."

"뭐, 결혼할 때까지는 하는 편이 좋지 않겠어."

"그런 건가…… 벌써 맨 얼굴 다 보였는데."

"아직 서너 번밖에 안 만났다면서? 벌써부터 그렇게 느슨하게 굴면 어떻게 해!"

신 짱의 말투가 거칠어진다.

"우체국도 자전거 타고 가면 5분이지. 다 맨 얼굴로 다닐 수 있는 범위잖아. 일 끝나고 만나도 그렇지, 집에까지 와서 일부러 화장하고 나갈 일 없잖아."

"그래도 그렇게 하는 게 여자의 일이야, 알겠어?"

"아, 예."

신 짱의 질타 격려에 나는 얼빠진 목소리로 대답한다.

"그럼, 다 됐으니까 난 가야겠다. 마누라가 밥 해 놓고 기다리고 있을 테니까."

신 짱은 일어나 아버지에게 "저 가보겠습니다!"라고

말하고는 가게 쪽으로 휙 나갔다.

가게 앞에서 "신 짱, 신 짱 이거 가져 가"라며 엄마가 쌀과자 한 봉지를 건네자, 신 짱은 받아 들고 자기네 가게 쪽으로 사라졌다.

나는 그런 풍경을 잠시 바라보고는, '그래, 모르는 거 있으면 도시오 씨에게 묻지 뭐' 하고 편하게 생각하고는 다시 컴퓨터로 고개를 돌렸다.

'정원'이란 한 단어에 이렇게 엄청나고 다양한 정보와 자료가 있다니 그저 놀랍고 궁금해서 그 다음을 보지 않을 수 없었다.

"정원 꾸미는 거, 재미있을 것 같네요."

도시오 씨는 등 뒤로 숨긴 내 손을 떠올리는 듯한 표정으로 말했다.

"아, 하지만 정원이라고 해서 별 대단한 것은 아니에요. 우리 집 마당에는 온통 제라늄밖에 없으니까, 그 제라늄을 가꾸는 것뿐이죠."

그것은 겸손이 아니라 사실이었다.

"제라늄이요?"

"잘 모르시나요? 제라늄. 잎사귀는 쭉 뻗은 줄기를 감싸듯 둥그렇게 붙어 있고, 표면은 털이 난 것처럼 보슬

보슬하고, 키는 커야 4,5십 센티미터 정도이고, 짙은 분홍색과 빨간 색 꽃이 피는데. 플랜터 같은 데도 심으니까, 흔히 볼 수 있는 서민적인 꽃이에요, 도시오 씨도 어디선가 한 번 쯤은 봤을 거예요."

"그래요⋯⋯. 아는 게 없어서 미안하군요. 내가 아는 꽃이라고는, 글쎄 뭐였더라, 장미하고 튤립, 카네이션, 백합⋯⋯."

"아아."

그 정도도 모르면 큰일이죠. 주로 유치원에서 '무슨무슨 반' 하고 이름 붙일 때 쓰이는 꽃이름이니까.

"그리고⋯⋯."

"그리고?"

"히아신스에 크로커스."

물 재배하는 꽃이로군.

"또 해바라기에 나팔꽃⋯⋯."

초등학교 과학 시간에 등장하는 꽃의 세계를 벗어나지 못하네.

"아 참, 수세미도 있군요!"

그건 꽃이 아니죠. 과학 시간에 기르기는 하지만, 꽃을 보기 위해서가 아니라 열매를 보기 위해서죠.

요컨대 꽃에는 관심이 없는 것이다.

"아, 더 많을 텐데. 내가 아는 게 없어서."

"아니오, 나 역시 제라늄말고는 아는 게 별로 없으니까."

"꽃을 좋아하는 사람 중에는 나쁜 사람이 없다고 하니까. 역시 후타바 씨는 멋진 사람입니다."

"그럼 도시오 씨는 나쁜 사람인가요?"

심술이 좀 심했나? 하고 생각했지만, 그만 입에서 그런 말이 튀어나오고 말았다.

"아니, 난 꽃을 싫어하는 것은 아니고, 모르는 것뿐이니까! 앞으로는 열심히 배우겠습니다!"

엷어진 아이스커피를 빨대로 휘저으며 도시오 씨는 오른손에 쥔 손수건으로 이마에 돋은 땀을 닦았다. 얼음이 잔에 부딪쳐 카랑카랑 소리가 났다. 겨울인데 아이스커피를 시켜 놓고 땀까지 흘리다니, 나 같은 사람하고 맞선을 보면서도 이 사람은 엄청 긴장을 하고 있는 모양이다.

"그렇게 무리하실 건 없어요."

"아 참! 꽃말고 식물이라면 대두에 대해서는 잘 알고 있습니다! 어디서 나는 대두가 품질이 좋은지, 어느 부분을 배아, 배유라고 하는지, 유전자를 조작한 대두에는 어떤 문제가 있는지."

그거, 두부가게 아들이라서 잘 아는 거 아닌가요? 혹 이 사람 에코다로 시집오기를 바라는 거 아냐. 그런 인생은 거저 줘도 안 가지. 스가모에서 탈출하고 싶은데, 고작 행선지가 에코다여서야 말이 되나.

침묵하고 있는 내게 도시오 씨가 서둘러 덧붙였다.

"아, 미안합니다. 내가 괜한 소리를 해서. 아무쪼록 오해는 마십시오. 두부가게를 하는 우리 집을 이해해 달라는, 그런 뜻으로 한 말이 아닙니다."

"아아, 그래요."

"그런데 후타바 씨는, 왜 많고 많은 꽃 중에서 그 제라늄이란 꽃을 선택했는지, 무슨 이유라도 있습니까?"

초등학교 4학년 때 일이다. 여름방학이 끝나 2학기가 시작되었는데, 과학 선생님이 아이들에게 학교에 있는 꽃을 조금씩 나누어 주었다. 나팔꽃과 해바라기씨를 받은 아이들도 있었는데, 내가 받은 것은 잎사귀가 두세 장 붙어 있는 제라늄이었다.

"선생님, 이게 뭐예요?"

조금은 불만스러워 질문한 내게 선생님이 대답했다.

"제라늄이란 거야. 그걸 땅에 심으면 쑥쑥 자라서 꽃이 펴."

그때는 반신반의했는데, 정말이었다. 집으로 돌아와

마당에 심은 그 막대기 같은 줄기는 내가 까맣게 잊고 있는 동안에도 혼자서 자라 마침내 예쁜 분홍색 꽃을 피웠다.

"와, 제라늄은 생명력이 아주 강하군요."

도시오 씨는 감탄하는 표정을 지으며, 잘 알겠다는 듯이 고개를 끄덕였다.

"사실은, 물 속에서 줄기를 비스듬하게 잘라서 그 끝을 물 속에 1시간 정도 담가 두었다가 부엽토에 심으면 더 잘 자라요. 하지만 그냥 심어도 싹이 나와요. 신기할 정도로."

화제가 제라늄으로 무르익자 나는 이상할 정도로 열기를 띠어갔다.

"그렇게 처음 받은 한 줄기가 뿌리를 내리고 자라서 꽃봉우리를 맺고, 꽃을 피우고……. 그리고 줄기가 이리저리 뻗으면 꽃이 지고 난 줄기를 몇 개 잘라서 다시 심고, 그렇게 15년을 계속했더니 온 마당에 제라늄이 퍼져서, 지금은 스가모에서도 유명한 제라늄 저택이 되고 말았어요."

"야, 후타바 씨 굉장히 애 많이 썼네요."

"아, 저택이라고 한 건 농담이고요."

"아, 죄송합니다. 웃어야 하는 건데."

"아 뭐, 강요하는 건 아니고요."

"아하하하하! 후타바 씨, 상당히 재미있는 분이로군요! 아, 이건 정말 재미있어서 웃는 겁니다!"

도시오 씨는 목젖을 울리면서 정말 재미있다는 듯이 웃었다. 내가 오히려 민망할 정도로 천진하고 순수한 웃음이었다.

"그래도 대단합니다. 그러니까 후타바 씨네 마당에 있는 제라늄이 모두 그때 그 선생님한테서 받은 한 줄기 제라늄에서 퍼진 것이라니."

"아니, 그때 받은 한 줄기에서 다 퍼졌다는 것은 좀 과장이고요. 사실은 꽃 색깔이 모두 똑같아서, 어디 다른 데 다른 색깔 꽃이 피었다 싶으면, 사실은 안 되는 거지만 한 줄기 뚝 꺾어 와서 우리 마당에 심었어요. 그래서 우리 마당에 핀 제라늄은 같은 제라늄이라도 색깔이 조금씩 다른 분홍색의 변주예요. 겨울은 좀 그렇지만 봄에서 가을까지는 정말 얼마나 예쁜지 몰라요. 아, 이런 꽃 얘기만 해서 재미없죠. 미안합니다."

나는 혼자서 자기 얘기만 열심히 떠들고 있다는 것을 알고는, 반성했다.

"그렇지 않습니다. 계속하세요, 듣고만 있어도 재밌습니다. 나는, 후타바 씨의 꽃 얘기, 학교 생활 얘기를 더 많이 듣고 싶습니다."

"그, 그래요? 재미있어요?"

"재밌습니다."

도시오 씨의 호의를 받아들이기로 했다. 스가모의 여자는 첫 만남의 긴장감만 풀리면 자신의 얘기를 들어주는 사람에게는 이렇게 말이 많아진다. 그러니까 그저 변두리에 사는 여자의 기질적인 수다인 것이다.

미지근한 커피를 홀짝 마시고, 나는 다시 조잘거리기 시작했다.

"그럼 다행이네요. 그런데 사실은 우리 마당뿐만이 아니에요."

"그건 무슨 소리죠?"

"우체국에도 10년을 다니다 보니까 입구 주위에 있는 화단이 제라늄으로 가득해졌어요. 해마다 얼마나 예쁘게 꽃이 피는지."

"야, 그거 참 대단하군요. 우체국에 있는 분들이나, 편지를 부치러 오는 분들도 꽃을 보며 기뻐하겠죠.

"다들 좋아하죠."

흥이 오른 나는 그만 하지 않아도 좋을 과거사까지 맞선 보는 자리에서 꺼내고 말았다. 이 일은 너무 집요하다 여길까 봐서 아무한테도 얘기하지 않았는데.

내게는 좀 이상한 버릇이 있다. 내가 간 장소 장소마다 강아지가 오줌을 흘리고 똥을 누듯 제라늄 줄기를 꽂아 두는 것이다.

초등학교, 중학교, 고등학교를 졸업할 때도 '즐겁게 지냈다'는 마음을 담아 교정 한 구석에 제라늄 줄기를 슬쩍 심어 두었다. 초등학교는 동네가 늙고 학생 수가 줄어드는 바람에 폐교가 되어 없어졌지만, 내가 꽂아 둔 제라늄만은 그 자리에 살아남아 아직도 예쁜 꽃을 피우고 있다.

그 뿐만이 아니다. 수학여행 때 간 나라에도, 묵었던 여관 마당에도, 10년 전에 친구와 함께 갔던 하와이와 홍콩에도, 검역을 받으면서까지 제라늄을 들고 나가 심고 왔다.

그러고 보니 신 짱네 마당에도 살짝 심었다. 헤어질 즈음이었다. 그 제라늄은 철없는 연애를 상징하듯 꽃을 피우지는 못했지만.

굳이 신 짱이 등장하는 얘기는 하지 않았다.

"즐거웠던 추억의 장소에 지금도 어쩌면 후타바 씨가 심어 둔 제라늄이 살아 있을지도 모른다, 후타바 씨를 대신해서 꽃을 피우고 있을지도 모른다고 생각하면, 일을 하다가 짜증이 날 때도 새 기운이 날 것 같군요, 생각만 해도 기분이 좋아질 것 같아요."

"……."

도시오 씨의 둔감한 반응을 무시하고 나는 하염없이 얘기를 늘어놓았다.

"그런데 이런 버릇, 제라늄 때문에 시작된 건 아닌 듯해요. 초등학교 1학년 땐가 2학년 때, 가족끼리 구사츠 온천에 간 적이 있었어요. 우리 집은 장사를 하니까 가족끼리 여행가는 일이 흔치 않았거든요. 너무 신나고 기뻐서, 그래서 나, 고다츠 위에 놓여 있는 귤을 껍질을 벗겨 내고 얇은 속껍질을 다시 발라내서, 우리가 묵은 방 구석에 있는 기둥 안쪽에다 딱 붙여 놓고 왔어요. 왜 그랬는지, 지금 생각해도 참 이상한 버릇이죠."

웃으면서 거기까지 얘기하고 나자, 잠자코 듣고 있던 도시오 씨가 천천히 입을 열고 이런 말을 꺼냈다.

"후타바 씨, 후타바 씨는, 그 쌀과자가게를 이을 생각인가요?"

"네!?"

나도 모르게 되물었다.

"저, 제라늄 얘기가 그거하고 무슨 상관이 있죠?"

도시오 씨는 내 물음에 이렇게 대답했다.

"후타바 씨 얘기를 듣다 보니까, 후타바 씨가 정말 집과 지금의 생활에서 벗어나고 싶어하는 건지, 자유로워지고 싶어하는 건지, 의문스러워서요."

맞선을 보고 내가 도시오 씨에게 품은 첫 감상은 이랬다.

제법 뭘 아는 사람이네.

제라늄은 나의 꿈이었다. 내가 그리는 나의 모습을 상징하는 꽃이었다.

처음 이 꽃을 받았을 때부터, 나는 제라늄의 이동성을 동경했는지도 모르겠다.

제라늄은 어디든 쉬 이동하여 그 땅에 뿌리내린다. 그렇게 이동한 곳에서도 누군가 조금만 애정을 쏟고 손질해 주면 무럭무럭 자라 예쁜 꽃을 피우고, 사람들에게 즐거움을 선사하며 산다.

그에 비하면 인간은 어떤가. 아니, 나는 어떤가.

나는 이 좁은 세계에서 벗어나고 싶다고 생각하면서도 36년이란 긴 세월 동안 이 땅에 뿌리를 내리고 꼼짝하지 않는다. 그럴 만한 기회를 놓쳤는지, 기회 따위 애당초 없었는지, 결국 결혼도 못 하고 이사도 하지 않고, 그렇다고 혼자 독립한 생활을 하는 것도 아니고, 이 스가모란 땅에서 답답함에 시달리고 있다. 바깥 세상으로 나가고 싶어하는 마음은 굴뚝같은데, 결혼은커녕, 눈에 보이지 않는 얇은 막을 주위에 쳐놓고 그 너머와 교류하는 일마저 주저하고 있다.

내게는 집이 있다. 가게가 있다. 부모가 있다. 제라늄처럼 간단히 어디론가 이동하여 뿌리를 내리는 일 따위 내게는 가능하지 않다.

내가 젊었을 때 우리 부모는 툭하면, "넌 장녀니까 데릴사위를 맞아서 우리 집안을 이어야지"라고 말하곤 했다. 그런데 사위에게 처가살이를 시켜야 할 부담이 없는 동생이 스물넷이란 어린 나이에 훌쩍 시집을 가고, 내가 삼십 대가 되어 처가살이는커녕 데리고 살 남자도 나타나지 않는 나이가 되자 '사윗감을 데려 오라'는 말을 더 이상 하지 않았다.

"너 좋을 대로 살아라."

"가게를 잇지 않아도 좋으니까."

"이런 구닥다리 쌀과자가게는 아버지 대에서 접어도 상관없으니까."

이렇게 부모님은 너그러워지고 말았다.

하지만 그때가 되어 "이제 와서 그렇게 말해 봐야 무슨 소용이야"라고 말해 봐야 그것이야말로 소용없는 일이었다.

근거 있는 생각은 아니지만, 딱히 부모님이 가업을 이어야 한다는 부담감을 주지 않았더라도 나는 이 집과 이 생활과 이 동네를 탈출하는 묘기는 부리지 못했을 것 같다. 탈출하고 싶은 간절한 마음과는 정반대로. 그렇기에 '벽 너머 다른 세계' 를 동경하는 것이다. 그리고 나를 대신하여 그 꿈을 이루어 주는 제라늄의 가벼운 이동성을 사랑한 것이다.

그러니까 도시오 씨가 내 얘기를 열심히 듣고서 보여 준 반응은 실로 나의 정곡을 찌르는 것이었다.

신 짱이 컴퓨터를 연결해 준 후 나는 컴퓨터 입문서를 한 권 샀고, 통신 회사와 계약하여 메일 주소도 갖게 되었다. 그리고 컴퓨터에 그토록 거부 반응을 보였던 내가 우체국에서 돌아오면 매일 밤 컴퓨터와 씨름을 하게 되었다.

보는 것은 늘 정원과 꽃과 가드닝 홈페이지. 잇달아 튀어나오는 정원과 꽃 그림에 나는 그저 눈이 휘둥그레질 뿐이었다.

수많은 사이트 중에서 특히 내 마음에 드는 홈페이지가 있었다. 기가사키 마사토란 가드닝 전문가가 운영하는 'LIFE IS FLOWER!' 란 이름의 홈페이지였다. 기가사키 선생님은 요코하마의 야마시타초에 있는 자택 바로 옆에서 가드닝 전문점을 경영하면서 가드닝 교실을 열어 동네 사람들에게 꽃에 대해 가르치기도 하는 꽃과 가드닝에 관한 전문가였다. 물론 수상 경력도 화려하다.

그의 정원은 허브와 자잘한 꽃들이 흐드러지게 핀 우아하고 멋진 '잉글리시 가든'이었다. 영국식 하이티가 어울릴, 일본에는 그런 예가 흔히 없는 그 정원을 보면서 나는 어떻게 하면 이렇게 아름다운 정원을 만들 수 있을까 하고 한숨을 쉬면서 날마다 새로 올라오는 일지를 탐독하였고, 덧글을 쓰기도 했다.

정원뿐만이 아니었다. 프로필이란 항목에 등장한 기가사키 선생님의 사진은 눈 속에 반짝이는 별이 있는 순정만화의 미소년 같은 전형적인 미남이었다. 사십 대에게 미소년이라는 말은 무리가 있지만, 그의 우수 어린 표정이 빚어내는 분위기 앞에서는 '미청년!'이라고 탄식하지 않을 수 없었다.

나는 새로 산 디지털카메라와 악전고투하면서 우리 집 마당을 찍어, 그 사진을 첨부하여 기가사키 선생님 앞으로 메일을 보냈다. 제라늄밖에 없는 마당이지만, 제라늄에 관한 한 어제오늘 가드닝에 뛰어든 주부들보다 훨씬 더 아름답게 꾸몄다는 자신이 있어서였다.

잉글리시 가든과 제라늄이 서로 잘 맞지 않으리란 생각도 했다. 하지만 제라늄에 대한 나의 정열을 선생님이 알아준다면, 나와 선생님 사이에서 꽃을 매개로 어떤 접점을 찾을 수 있지 않을까 하고도 생각했다. 아니, 그러고 싶었다.

내가 선생님에게 메일을 보낸 다음 날 바로 답장이 날아왔다.

메일 잘 받았습니다. 하나코 씨의 정원, 무척 아름답군요. 꼼꼼하게 손질된 제라늄 꽃밭에서 하나코 씨의 꽃에 대한 애정이 느껴졌습니다. 앞으로도 아름다운 정원을 소중하게 가꿔 주세요.

추신
제라늄은 아로마 오일에도 사용되는 식물이랍니다. 알고 계셨나요? 제라늄의 향기는 사람의 마음을 밝게 해 주는 효능이 있습니다. 하나코 씨는 매일 제라늄 향기를 맡고 있으니까, 그래서 즐거운 마음으로 꽃을 대할 수 있는 것인지도 모르겠군요.

하나코란 내 닉네임이다. 선생님의 홈페이지 게시판을

보면 덧글을 쓴 사람들 모두가 본명이 아닌 닉네임을 사용하고 있어서, 나도 그 관례에 따라 닉네임으로 메일을 보냈던 것이다.

그 후에도 한동안 선생님과 메일을 주고받았다. 내용은 주로 정원과 제라늄에 관한 것이었다. 어떻게 하면 제라늄을 보다 세련되고 우아하게 키울 수 있는지, 마당에 직접 심는 것보다 화분에 심는 것이 좋은지 등등. 선생님은 나의 질문에 정말 정성스럽게 답해 주었다.

그리고 나는 도시오 씨와 전화하고 만날 때마다 그 일련의 일들을 시시콜콜 늘어놓았다. 물론 선생님이 잘생긴 남자라는 말은 하지 않았다.

내가 너무 열을 올리고 얘기한 탓인가, 어느 날 도시오 씨가 내게 이런 제안을 했다.

"그러지 말고 후타바 씨, 직접 만들어 보는 것은 어떨까요? 보기만 하지말고."

"스가모에다 잉글리시 가든을 만든다고요?"

"아니, 꼭 잉글리시 가든이 아니어도, 제라늄말고 다른 식물도 섞여 있는 정원을 만드는 겁니다."

어느 틈에 나의 취미는 '정원 꾸미기'에서 '가드닝'이란 영어로 바뀌고 말았다. 하기야 똑같은 의미지만 일본말로 얘기하는 도중에 가드닝이란 영어가 튀어나오면 왠지 뜻이 미묘하게 달라지는 듯한 기분이 들었다. 그리고 그 영어에 이끌린 것도 사실이었다.

"선생님에게 지금 후타바 씨의 정원이 어떤 상황인지, 일조량이라든가 물이 빠지는 상태, 그런 것을 자세하게 전하고 어떻게 하면 보다 멋진 정원을 만들 수 있는지 의논해 보면 어떨까요?"

"글쎄요."

"응해 줄 겁니다. 물론 지금의 제라늄 꽃밭도 멋있지만, 후타바 씨네 마당에 더 많은 꽃이 피게 된다면, 나 역시 보고 싶습니다."

도시오 씨의 부추김 때문이었을까, 아니 동기는 다른 곳에 있었던 것 같다. 나는 기가사키 선생님과 보다 많은 접점을 갖고 싶었던 것이다. 제라늄만으로는 언젠가 화제가 없어지리란 것을 알고 있었다. 내 자식을 사랑하듯 꽃을 사랑하는 마음을 가진 아름다운 남자를, 한번도 만나 본 적이 없는데도 사랑하고 있었던 것이다. 아니 언어로 메일만 주고 받을 뿐 만난 적이 없기에 보통은 품을 수 없는 애정을 품을 수 있었던 것이다.

이것이 메일의 힘이란 것일까. 가벼운 마음으로 쓰고 손쉽게 보낼 수 있다. 편지처럼 돈이 드는 것도 아니고 시간도 걸리지 않는다. 전화처럼 상대방이 지금 전화를 받을 수 있는지 없는지를 생각할 필요도 없다. 받은 쪽은 사정이 허락될 때 받은 메일을 확인하고, 또 사정이 허락될 때 답장을 쓰면 된다. 편지와 달라 필적도 알 수 없으므로, 컴퓨터 저 편에 있는 사람의 성격이 어떨지 이 쪽에서는 얼마든지 상상할 수 있는 반면 이 쪽의 성격이 저 쪽에 드러나는 일은 없다. 서로 상상 속에서 대화할 수 있는 것이다. 이 얼마나 편리한 시스템인가.

세상에서는 채팅방이 사회적인 물의를 빚고 있다는데, 울트라 기계치였던 나 역시 컴퓨터를 사용하고 보니 인터넷 상에서 만난 탓에 마음이 과열되는 현상을 그럭저럭 이해할 수 있을 것 같았다. 뉴스를 볼 때는 '그런 기계에 의지하니까 이상해지는 거지' 하고 콧방귀를 뀌었었는데, 막상 컴퓨터를 사용하다 보니 비록 채팅방을 드나들지는 않지만 그런 가상 세계의 당사자가 되어 있는 자신을 깨닫게 된 것이다.

나는 도시오 씨의 후원에 힘입어, 4월 중순이 되자 쌀과자 굽는 냄새가 어울리는 손바닥만한 우리 집 마당을 밀크 티의 향이 어울리는 영국식 정원으로 꾸미자는 집념을 불태웠다.

신변 잡화에 돈을 쏟아 붓는 취미가 없는 덕분에 월급의 대부분을 정원 꾸미기에 투자했다. 허브와 자잘한 꽃 묘종을 사 들이고, 울타리를 선명한 황록색 골드 크레스트로 바꿔 심었다. 어떤 식물을 어떤 식으로 키우고, 마당 어디에 배치하면 좋을지 자세한 것은 가드닝 책을 읽는 한편 기가사키 선생님에게 매일 메일을 보내 물었다.

그런데 메일이란 참으로 편리한 것인 반면 하루라도 답장이 늦어지면 답답하고 짜증이 난다. 편지 같으면 한 일 주일이나 열흘 답장이 오지 않아도, 아니 끝내 답장이 오지 않는 경우에도 그럭저럭 포기가 된다.

어쩌면 편지가 가지 않았는지도 모른다, 답장을 부치러 나갈 틈이 없는지도 모른다, 하고 말이다. 하지만 메일은 그렇지 않다. '왜 이렇게 대답이 늦는 거지' 하고 안달하게 된다. 메일이 수신되었는지도 확인할 수 있고, 집에서 컴퓨터로 답장을 쓰면 그만이니까 부치러 나갈 틈이 없다는 변명도 성립하지 않는다. 답장을 기다리는 초조함, 그건 정말이지 건강에 좋지 않다. 그것은 지금까지 경험해 보지 못한 고통이었다.

많은 여자들은 이런 나를 보고 '사랑의 고통'이라며 웃을 것이다. 하지만 웃어도 어쩔 수 없다. 나는 지금까지 '사랑의 고통' 따위 느끼지 못하고 살아왔으니까.

언제든 전화하면 받고 언제든 메일을 보내면 그 다음

날 당장 답장을 보내 주는 도시오 씨와는 크게 달랐다. 기가사키 선생님이 그만큼 바쁜 것인지, 내게 관심이 없는 것인지, 아니면 그만큼 도시오 씨가 내게 관심과 성의가 있다는 뜻인지, 어느 것이 정답인지 알 수 없었다. 아무튼 기가사키 선생님의 메일을 목 빠지게 기다리는 하루하루가 나의 일상이 되고 말았다.

5월 연휴가 다 끝났는데도 나의 가드닝 열기는 뜨거워질 뿐이었다. 아니, 앞으로 전성기를 맞을 식물을 보면서 점점 긴장감이 고조되었다는 표현이 정확하다.

그러던 어느 날, 기가사키 선생님에게서 어떤 연락을 받았다. 7월에 가드닝 콘테스트가 있다는 내용이었다. 장소는 회화관 앞 광장.

테마는 도시의 주택지에서도 즐길 수 있는 〈스몰 가드닝〉입니다. 하나코 씨에게 딱 어울리는 테마가 아닐까 싶은데요. 회장이 넓으니까 많은 사람들이 출품을 하겠지만, 하나코 씨 같은 가드닝 초보자도 많이 참가할 것이라고 생각합니다. 이 기회에 같은 취미를 가진 사람들끼리 알고 지내는 것도 좋을 것 같군요. 물론 나도 열심히 돕겠습니다. 나 역시 하나코 씨가 꾸민 정원을 보고 싶으니까요. 그리고 지난

번에 하나코 씨가 질문한 '잉글리시 가든에 어울리는 제라
늄' 말인데요, 슈가 베이비란 품종이 어떨까요. 제라늄 특
유의 선명함을 최소화한 엷은 분홍색, 키가 작은 품종입니
다. 이 품종이면 다른 꽃과도 튀지 않고 잘 어울릴 것 같군
요. 꼭 한번 찾아보세요!

선생님의 메일에 나는 가슴이 두근거렸다.

제라늄밖에 모르고 살아온 내가 가드닝 콘테스트에 나
간다고? 그렇게 화려한 무대에 내가 서도, 과연 괜찮을
까? 아니, 설 수 있을까?

의문이 꼬리에 꼬리를 물었지만, 식물에 대한 나의 열
의를 알아 준 선생님의 배려가 눈물이 날 정도로 기뻤
다. 이 사람은 나 자신도 모르는 나의 능력을 끌어내 줄
지도 모른다. 그리고 나를 다른 세계로 데려가 줄지도
모른다. 컴퓨터 저편에서 내 마음을 이해하고 보듬어 주
고, 나를 변화시킬 힌트를 주고 있는 것이다. 그것은 지
금껏 한 곳에서만 산 내게 기적을 보여 주기에 충분한
약동감이었다. 이렇듯 나를 고무시키는 충동에 감미로
움마저 느꼈다.

기가사키 선생님, 기가사키 선생님, 기가사키 선생
님……

그 후 쌀과자가게와 우체국을 오가는 것이 고작이었던 나의 생활은 콘테스트란 목적을 향해 다채로움을 더해 갔다.

　일을 끝내고 돌아오는 길에는 물론 주말에도 열심히 묘종을 사러 돌아다니는 나날. 동네만 찾아다니자니 성이 안 차, 인터넷에서 내가 찾는 묘종이 있을 만한 가게를 조사해서 당장에 그 곳을 찾아갔다. 전철만 타고는 갈 수 없는 불편한 곳에 있는 원예점은 주말을 이용해서 도시오 씨의 차를 타고 갔다. '슈가 베이비'를 찾아 낸 내가 "드디어 찾았다!" 하고 기뻐 비명을 지르면 도시오 씨도 옆에서 기쁜 듯이 "정말 해냈네요!" 하고 웃어 주었다. 나는 자신의 활기 넘치는 행동력에 스스로도 놀랐다.

　녹음이 푸르른 초여름의 쉬는 날들은 그렇게 지나갔고, 우리 집 마당은 점차 식물들로 넘쳐 나기 시작했다. 도시오 씨의 차를 타고 함께 집에 와서도 나는 도시오 씨는 거들떠보지도 않고 묘종을 심는 데만 열중했다. 아버지는 툇마루에 따분하게 앉아 나의 그런 뒷모습을 지켜보는 도시오 씨를 보면 반드시 이렇게 말을 걸었다.

　"여어, 신금!"

　"아, 아버님, 안녕하셨어요!"

두 사람의 이 말투가 싫었다. "신금!" 하고 말을 거는
것도 토착적이고 "아버님" 하고 대꾸하는 것도 소름이
끼칠 정도로 토착적이었다. 신금은 우체국의 친척이 아
닌가. 아버지와 도시오 씨 사이에 오가는 이 대화를 들
으면 갈 곳 없는 내 인생의 축도가 툇마루에 펼쳐진 듯
한 느낌에 내 입에서는 절망적인 한숨만 흘러나왔다. 물
론 주말마다 내 원예 쇼핑에 따라다녀 주는 것은 감사해
야 할 일이지만.

맞선 본 상대를 이렇게 자주, 더구나 가족의 양해하에
만난다는 것은 순조롭게 결혼에 다가가고 있다는 증거
일 수도 있다. 그런데 내게는 그런 자각이 전혀 없었다.
내 머릿속에는 도시오 씨가 무슨 생각을 하는지를 생각
할 터럭만큼의 여유도 없었다. 내게 도시오 씨는 그저
'부리기 편리한 사람'에 불과했다.

"아버지, 신금이 뭐예요, 신금이!"

"뭐가 어때서, 신금이니까 신금이라고 부르지."

"아, 상관없습니다. 후타바 씨, 난 괜찮습니다. 아 참,
지난번에 주신 고춧가루 쌀과자 아주 맛있던데요. 잘 먹
었습니다."

"아, 그거 잘 됐군, 신금! 우리 집 쌀과자의 맛으로 하
자면 이 상점가에서 아니, 일본에서도 둘째가라면 서럽

지. 아, 오늘은 소스 쌀과자 맛을 보여 주지! 소스 쌀과
자라고 해서, 구멍가게에서 파는, 소스 끼얹어 먹는 흐
물흐물한 것하고는 달라. 딱딱한데 맛은 소스 맛이라고.
다른 데서는 팔지도 않을 걸. 여기 스가모니까 가능한
맛이지."

"쌀과잔데 소스 맛입니까? 그거 신기하군요."

"그렇지? 맛도 끝내 준다니까."

아아, 이 지겨운 토착성. 소스 쌀과자 따위 어렸을 때
부터 한이 맺힐 정도로 먹고 또 먹은 것이다. 새로움 따
위 하나도 없다. 그런 것에 관심을 보이는 도시오 씨가
싫었다.

"그보다 신금, 저 녀석한테 뭐라고 말 좀 해. 꽃만 저렇
게 산더미처럼 사 들이니. 어이 후타바! 너, 꽃만 그렇게
만지작거려서 어디다 써먹겠니."

"무슨 상관이에요. 아버지한테 해 끼치는 거 없잖아
요!"

"너, 우리 집을 꽃가게로 만들 생각이냐!"

"정원 꾸미는 것뿐이잖아요! 잔소리 좀 그만 하세요!"

나는 돌아보지도 않고 말대꾸를 한다. 도시오 씨는
"그만 하시죠"라면서 아버지를 달래지만, 미친 듯이 정
원 꾸미기에 몰두하는 나를 백퍼센트 긍정하는 것은 아

니리라. 나는 누가 보아도 초보자의 취미 수준을 넘어서는 정도로 몰입하고 있었으니까. 도시오 씨 역시 좀 적당히 해 줬으면 하고 바랄 것 같았다.

그런 때면 늘 기가사키 선생님이 떠올랐다.

선생님이라면 나와 함께 흙을 만지고 나처럼 꽃과 나무를 사랑하고 언젠가 멋진 정원이 완성되기를 나와 같은 마음으로 바랄 것이다. 정원 손질이 다 끝나면 둘이 등나무 의자에 앉아 홍차를 마시면서 스콘을 먹는다. 그런 장면에 쌀과자 얘기가 등장할 자리는 없다.

초여름 햇살 아래, 콘테스트를 위해 묘종을 얼추 사 모은 나는 함께 있는 사람이 기가사키 선생님이 아니란 것이 다소 아쉬웠다.

하얀 꽃의 허브와 엷은 핑크색 슈가 베이비, 아래쪽에는 아이비와 헤데라 같은 넝쿨류를 배치하고, 한 가운데에서 뒤쪽으로는 라벤다를 빼곡하게 심고 그 뒤로 곰 모양으로 손질한 골드 크레스트를 배치하려고 합니다. 출품을 위한 설계도와 재료 등 대충 준비는 갖추었는데, 이거다 하고 포인트가 될 만한 꽃이 아직 떠오르지 않습니다. 어떻게 하면 좋죠? 좋은 아이디어가 있으면 가르쳐 주세요.

6월 하순, 나는 기가사키 선생님에게 메일을 보냈다.

우리 집 마당은 폭발 일보직전이었다. 콘테스트에 출품하기 위해 준비한 묘종은 땅에 심지 않아 검정 비닐 화분에 심겨진 채였다. 그래서 온 마당이 뒤죽박죽 비닐 화분 투성이였다. 날벌레들이 풀풀 날아다녀 아버지는 물론 엄마까지 인상을 찌푸리기 시작했다. 좁은 마당이 거의 터져 나갈 지경이었다.

사면초가 상태에서 보낸 구조요청이었다. 원예점 순례는 도시오 씨만 있어도 가능하지만, 이 문제는 선생님밖에 기댈 언덕이 없었다.

그런데 선생님은 이 난제를 아주 쉽게 해결해 주었다.

하양, 핑크, 엷은 보라로 배색을 맞추었군요. 하나코 씨의 정원, 기대가 큽니다. 그런데 포인트가 될 꽃을 찾고 있다고요. 마침 잘 됐네요. 우리 정원에 크림색 장미가 피어 있습니다. 목향 장미와 올드 로즈를 접붙여 내가 개량한 품종입니다. 결과가 흡족한 것은 아니지만, 목향 장미처럼 자잘한 꽃이 한데 어울려 하나의 꽃을 이루듯, 나무 하나가 쑥쑥 위로 뻗은 모양입니다. 이 꽃을 하나코 씨의 가드닝 콘테스트 데뷔 기념으로 선물하려고 합니다. 테이블이나 의자 근처에 배치하여 포인트로 삼으면 어떨까요. 물론 강요는 하지 않겠습니다만, 하나코 씨만 좋다면 언제든지 드리겠습니다. 장미의 이름은 아직 붙이지 못했습니다. 하나코 씨가 이 장미를 데뷔시키는 것이기도 하니까, 하나코 씨가 이름을 붙여도 좋습니다. 그럼 연락을 기다리겠습니다.

선생님이 보낸 메일에는 이런 내용과 함께 장미 사진이 첨부되어 있었다.

첨부 파일을 클릭하자, 화면에 고귀한 색상의 가련한 장미가 떠올랐다.

믿을 수 없었다. 장미의 품종을 개량하는 데는 많은 시간이 걸린다고 들었다. 그런데 흡족한 결과는 아니지만 그런 굉장한 선생님이 나를 위해 제 손으로 개량한 장미를 선물한다고? 더구나 이름까지 붙이라고. 이건 꿈이다. 꿈이 아니면 어떻게?

화면을 꽉 채운 부드럽고 우아한 크림색 장미는 내가 선생님에게 각별한 존재임을 증명하듯 아름다운 자태를 뽐내고 있었다.

나는 단박에 "장미, 감사히 받겠습니다. 시간이 나는 날짜를 알려 주시면 바로 가지러 가겠습니다"라고 답장을 보냈다.

며칠 후, '구루마다 쌀과자점'이란 글자가 커다랗게

쓰여 있는 가게 경트럭을 끌고 선생님의 자택이 있는 야마시타초를 찾아갔다.

오랜만에 하는 운전인데다 길도 잘 몰라 겁이 났지만 이 일만큼은 도시오 씨의 손을 빌리고 싶지 않았다.

나는 어쩌면 요코하마의 선생님 댁에서 무슨 일인가 벌어지기를 기대하고 있었는지도 모르겠다. 도시오 씨에게는 미안한 상상을 하고 있었는지도 모르겠다.

운전대를 잡은 손이 장마비의 열기와 차내에 고인 눅눅한 공기 때문에 축축하게 땀에 젖어 있었다.

대체 내가 무슨 기대를 하고 있는 거지. 무슨 상상을 하고 있는 거야.

익숙지 않은 화장까지 한 얼굴을 거울에 슬쩍 비쳐 보면서 나는 자신에게 물었다.

손톱에는, 그렇다, 흙이 들어가지 않도록 짧게 깎은 손톱에 서툰 솜씨로 매니큐어까지 발랐다.

지도를 더듬으면서 홈페이지에 올라 있는 선생님의 주소지 근처에 도착한 나는 경트럭을 세우고, 소리나지 않게 차문을 열고 내려 '기가사키'란 문패 옆에서 정원을 들여다보았다.

"……!"

숨을 삼켰다. 홈페이지에 소개된 사진을 통해 몇 번이고 몇 번이고 질리도록 보았던 정원이다. 그런데 실물을 대했을 때의 그 압도적인 감동은 사진만 보아서는 절대 경험할 수 없는 것이었다. 푸른 녹음이 무성하게 펼쳐지는 정원은, 갓 가드닝을 시작한 나의 손바닥만한 마당에 비교하기가 무색할 정도로 넓고 아름다웠다. 정말이지 이 세상 같지 않았다. 스가모와는 근본부터 다른, 고급 분위기의 주택가였는데, 그 중에서도 선생님의 집은 각별했다. 전문가의 솜씨가 그대로 살아 있는 집이었다.

차에서 내리기 전까지 기대감으로 부풀었던 내 가슴은 바짝 쪼그라들고 그 대신 수치심이 그 자리를 메웠다. 그 수치심은 '너 같은 사람이 올 곳이 아니야'라고 누군가 속삭이는 듯한 망상을 불러일으켰다.

그냥 돌아가는 게 좋지 않을까.

주저와 망설임으로 어정거리고 있는데, 갑자기 찰칵 하는 소리가 났다. 현관문이 열린 것이었다.

앗, 어떡하지.

순간 당황했지만, 이미 때는 늦었다. 포치로 나온 선생님의 눈에 나와 내 뒤에 주차된 경트럭은 금방 발각되고 말았다.

"저…… 혹시, 하나코 씨?"

선생님은, 문 앞에서 벨은 누르지 않고 안을 들여다보는 거동이 수상한 서른여섯 살의 여자에게 의문스러운 목소리로 그렇게 물었다. 도저히 '아니오'라고 말할 수 있는 상황이 아니었다.

"아, 네."

"그래요, 하나코 씨가 맞군요!"

올이 성긴 하얀 스웨터를 입은 선생님이 가무잡잡한 얼굴에 환한 미소를 띠었다.

"아아, 역시 꽃을 사랑하는 사람이란 느낌이 드는군요, 하나코 씨."

'꽃을 사랑하는 사람이란 느낌'이란 선생님의 말이, 왠지 꽃이나 상대해 주는 여자라고 하는 말처럼 들렸다. 어쩌면 나는 몹시 비굴해져 있었는지도 모르겠다.

"자, 들어와요, 하나코 씨. 이 쪽에 내가 얘기한 장미가 있으니까."

선생님은 비참한 나의 기분을 눈치채지 못하고 나를 정원으로 안내한다. 수치심에 귀까지 화끈거렸다. 1년 중에 낮이 가장 긴 이 계절, 일이 끝나고 스가모에서 차를 끌고 요코하마까지 달려오느라 시간이 7시가 다 되어 사방이 어둑어둑한 것이 그나마 다행이었다.

"이거, 이거예요. 내가 얘기한 장미."

허브 밭 사이로 난 좁은 통로를 걸어가자, 그 끝에 화분에서 비죽 솟아오른 장미가 있었다.

"보세요. 자잘한 장미가 한 데 모여 꽃을 피우고 있죠. 목향 장미가 바로 이렇게 피는데, 하지만 이건 순수한 목향 장미는 아닙니다."

선생님은 부드럽게 미소지으며 말했다.

"이걸 가져가세요. 들고 가기 쉽게 화분에 옮겨 심어 놓았으니까. 하나코 씨 출품작에 다소나마 도움이 됐으면 좋겠군요."

"…… 감사합니다……."

"왜요, 하나코 씨? 마음에 안 들어요?"

"아니오, 전혀 그렇지 않아요! 아니 그냥, 제가 이런 걸 받아도 괜찮은 건지…… 그런 생각이……."

말꼬리를 얼버무리고 있는데, 집 안에서 여자의 목소리가 들렸다.

"마사토 씨! 스튜 다 됐는데, 어디 있어요? 아직 정원에 있는 거예요?"

누, 누구지?

"아아, 먼저 먹어."

선생님이 집 안을 향해 대답했다.

혹시…… 부인?

그렇다. 나 혼자 상상의 나래 속에 들떠 있었던 것이다. 부인이 있고 가정이 있어 마땅한 나이인데, 꿈에도 그런 상상은 하지 못하다니.

순정만화에 등장하는 남자 주인공처럼 수려한 용모와 초목을 사랑하는 취미 때문에, 내 멋대로 야마시타초에서 혼자 외로이 사는 고독한 예술가란 허상을 그리고 말았던 것이다. 왜 이렇게 당연한 일을 미처 생각하지 못한 것일까.

자신의 어리석음이 슬펐다.

스튜가 다 됐다…… 라. 나와는 평생 인연이 없을 세계다. 3인분의 낫토를 커다란 대접에 쏟아 휘휘 저어서 아침이라 내놓는 가정과는 수준이 다르다. 그리고 아무 거리낌없이 그 대접에서 끈적한 실을 늘어뜨리며 낫토를 덜어내 밥에다 얹는 나는 그야말로 머리에서 발끝까지 명실상부한 변두리 출신의 여자다. 변두리 출신의 여자는 이런 세계에 자칫 발을 잘못 들여놓아서는 안된다.

"저…… 그럼, 이거 가지고 갈게요."

동요하는 나의 마음을 눈치채지 못하게 고개 숙이고 등을 구부리고, 간신히 그 말만했다.

"아, 그래요, 하나코 씨, 열심히 해서 정원 멋지게 꾸미세요. 콘테스트까지는 아직 시간 여유가 많으니까. 그 사이에도 무슨 의문 사항이 있으면 언제든지 답해 드리 겠습니다."

"저……."

"뭐죠?"

"장미 이름, 정말 제가 붙여도 괜찮은가요?"

"물론이죠. 메일에도 그렇게 썼을 텐데요. 하나코 씨가 좋은 이름을 붙이세요."

"그래도, 애써 개량한 품종인데, 부인의 이름을……."

"아아, 괜찮아요. 개의치 마세요."

"그래도……."

"하하하, 아내 이름은 벌써 써먹었거든요."

"……!"

그 장미는 어떤 꽃을 피울까. 한 송이 탐스럽고 매혹적인 장미일까.

선생님께 받은, 자잘한 꽃이 모여야 간신히 한 송이 꽃으로 보이는 장미가 갑자기 초라하게 보였다.

"아, 그래요……, 그럼 말씀하신 대로 제가 이름을 붙이겠습니다. 콘테스트 때 알려 드릴 수 있겠지요."

나는 얼른 말을 마무리짓고 그 자리를 떠나려 했다.

"아, 제가 들어다 드리죠."

"괜찮아요. 저 혼자서도 할 수 있어요. 완력만큼은 자신이 있으니까."

"아아, 그런 말씀 마세요. 여자의 몸은 이렇게 무거운 것을 들 수 있도록 생기지 않았으니까. 이런 건 남자가 할 일입니다."

선생님은 싱긋 웃으며 나무처럼 높이 자란 장미 화분을 번쩍 들어 눈앞에 서 있는 경트럭의 짐칸에다 실었다. 나를 여자 대접해 주는 말투가 더욱 나를 비참하게 만들었다.

"아, 이대로 달리면 꽃이 다 떨어질 텐데요."

"아, 덮개가 있으니까 괜찮아요. 이제 제가 할게요!"

"괜찮겠습니까?"

"네, 정말, 정말, 괜찮아요."

열흘 후.

7월 7일 토요일, 칠석날. 드디어 콘테스트 데뷔의 꿈을 이룬 날을 맞았다.

주어진 공간은 두 평 남짓 좁았다. 하지만 이만한 공간을 허브가 빼곡하게 자란 잉글리시 가든으로 재현하자면 상당한 양의 식물이 필요하다.

우선은 화단과 오솔길의 배치다.

바닥에 유럽 내음이 물씬 풍기는 벨기에 산 벽돌을 좍 깔았다. 그 옆에 침목을 세워 화단과 길을 구별한다. 정원을 복고풍으로 꾸미는 데 절대적인 역할을 하는 침목은 인터넷을 뒤지고 뒤져 찾아낸 최고의 아이템이었다. 길은 S자를 그리듯 만든다. 그렇게만 해도 좁은 공간이 여유롭게 느껴진다.

화단 한 가운데서 약간 왼쪽으로 대리석 느낌이 나는 하얗고 조그맣고 동그란 분수를 세팅.

아주 좋다. 망설였지만, 역시 가져오기를 잘 했다. 마당에 분수를 설치했을 때는 '이거 좀 지나친가?' 싶은 의문이 들었는데, 장소가 바뀌고 보니 분위기가 나쁘지 않다.

화단 만들기를 끝내고 그 다음은 타임과 오레가노, 로즈마리, 레몬밤, 바질 등 비닐 화분에 담긴 허브로 바닥을 채우는 작업이다. 하얀 꽃이 자잘하게 핀 허브가 많아, 초록 바탕에 흰 점이 점점이 퍼진다.

허브 사이 사이는 잎이 무성한 아이비로 채운다. 위에서 보아도 화분과 화분 사이의 틈이 보이지 않도록 적당히 흙을 덮고, 물이끼를 배치해야 한다.

허브로 메운 뒤쪽은 엷은 핑크색 슈가 베이비와 로즈제라늄을 심는다. 정원이 하양에서 핑크로 변화한다. 색의 제 1단계 변주다.

그리고 그 뒤에는 프렌치 라벤더. 라벤더도 허브의 일종이지만, 키며 꽃의 색상이며 잉글리시 가든 특유의 울창한 멋을 내기에 적합하다. 바로 앞에 있는 허브류와 키 차이가 나기 때문에 보다 울창한 느낌이 난다.

그렇게 허브와 라벤더를 배치하고 나니, 앞에서부터 차례로 하양, 엷은 핑크, 보라……, 내가 보기에도 황홀할 정도로 자연스러운 색의 변주가 완성되었다.

제일 뒤에는 크고 작은 골드 크레스트 네 그루. 여름인데 크리스마스 때 사용하는 전나무처럼 파릇파릇하다. 여름의 태양 아래 이 나무의 선명한 황록색이 실로 눈부셨다. 네 그루 중 한 그루는 영화 '가위손'에서 조니 뎁이 손질한 곰 인형 같은 디자인이다. 지난주 일요일, 꼬박 하루를 투자하여 손질한 회심의 역작이다.

이것을 왼쪽 구석에 배치하고, 오른쪽 앞에는 철망으로 짠 아치를 배치한다. 아치에 대량의 아이비를 빙빙 감아 정원 입구를 장식한다. 내 키보다 큰 아치에 아이비를 빙빙 감아 철망이 보이지 않도록 하는 작업이 무척 힘들었지만, 이렇게 하고 안 하고에 따라 정원의 분위기가 달라진다. 허술히 할 수 없는 작업이었다.

이제 거의 다 됐다. 나머지는 정원의 주역이 될 장미

다. 한창 예쁘게 핀 장미를, 아치에서 들어서면 바로 보이는 장소에 배치할까 아니면 분수 옆에 놓을까 고민했다. 나는 장미 화분을 들고 어디다 두면 좋을지 몰라 우왕좌왕했다.

그때 도시오 씨가 의견을 제시했다.

"분수 옆에다 두는 게 좋지 않을까요? 아치 안쪽에 놓으면 아치의 임팩트만 너무 강해서, 그렇게 예쁘게 핀 장미의 색이 죽을 것 같은데……."

"그래요? 아치 안 쪽에 배치하면, '어서 오세요'란 느낌이 들어서 좋을 것 같은데."

"그렇게 생각하면서도, 놓았다가는 옮기고 다시 놓았다가 또 옮기고, 결단을 못 내리고 있잖아요. 후타바 씨자신이, 그 장소에 만족하지 못한다는 뜻 아닐까요?"

"흐음."

"분수 옆에 배치하면, 분수의 딱딱한 느낌이 한결 부드러워지는 걸요. 그 부드러운 느낌이 허브와 라벤더의 부드러움을 보다 부각시켜 주는 것 같은데. 내 생각에는 분수 옆이 딱입니다."

"그래요? 여기가 좋단 말이죠?"

나는 분수 왼쪽 옆에 장미 화분을 내려놓는다.

"아니오, 왼쪽이 아니고 오른쪽. 왼쪽에는 곰 나무가

있으니까, 장미의 임팩트가 죽잖아요. 분수 오른쪽에 없는 듯 있게, 그렇게요."

"여기요?"

다시 분수 오른쪽으로 화분을 옮겨 놓는다.

"그래요, 바로 거기예요! 후타바 씨. 여기에서 봐 봐요. 그 자리가 딱이라니까요."

밤을 새워 다소 흥분한 탓인가, 목소리의 톤이 높아진 도시오 씨의 제안에 나는 밖으로 나가 약간 멀리서 정원을 바라보았다.

"음, 그런 것 같기도 하네요."

도시오 씨의 말대로 장미 화분을 배치하고 보니, 잉글리시 가든이란 명명하에 작위적으로 꾸민 냄새가 덜 나고 가장 자연스럽게 정원에 녹아드는 듯한 느낌이 들었다.

"이제 된 거죠, 후타바 씨!"

"네, 그래요."

"이제 의자하고 테이블만 남았네요."

내 옆에는 약간 때가 낀 듯 희끗희끗한 초록색 금속제 다리를 우아하게 뻗은 복고풍의 자그마한 등나무 테이블과 의자 두 개가 남아 있었다.

"이건 별로 고민할 필요가 없어요. 분수하고 장미가

잘 보이는 곳에 자연스럽게 배치하면 되니까."

아이비가 빼곡하게 자리한 침목 옆에 테이블과 의자를 놓고 허리를 들었다.

완성이었다.

"후타바 씨, 여기, 여기 보세요!"

장미와 대각선 상에 놓인 의자에 살며시 앉은 내게 후다닥 테이블 옆을 떠난 도시오 씨가 말했다.

"자, 치즈!"

도시오 씨는 정원 한 가운데 있는 나와 막 완성된 정원을 디지털카메라에 담는다. 그리고 한숨 돌리더니 "아참, 잠깐만 기다리고 있어요! 금방 올 테니까!"란 말을 남기고는 어디론가 휙 사라졌다. 참 기운도 좋은 사람이다. 대체 어디로 가는 건지.

그보다.

문득, 생각났다.

"오늘, 선생님이 올 텐데……"

그런 생각을 하자, 가만히 앉아 있을 수가 없었다.

그러나 지금 만나봐야 딱히 할 말도 없다. 고작 "이거, 선생님에게서 받은 장미예요"라고 말하고, 완성된 정원을 구경시켜 줄 뿐.

그래도 상관없다.

이미 꽃으로 맺어진 낭만을 꿈꾸고 있지 않다. 아니, 아무 기대도 하지 않는다. 결혼하고 싶다느니, 불륜의 사랑이라도 상관없으니, 그런 엉뚱한 생각은 품고 있지 않다. 다만 선생님을 만나고 싶었다. '그저 제라늄을 좋아하는 아줌마'로 인생을 끝낼 뻔한 나를 여기까지 이끌어 준 선생님을 사모하는 마음을 막을 수가 없었다. 누구에게 폐를 끼치는 것도 아니다. 그저 나 혼자 조용히 마음속에 품고 있을 뿐이다. 그 뿐이다. 그 정도는 하느님도 용서해 주실 것이다. 아무튼, 억누를 길 없는 동경과 선생님을 사모하는 이 마음이 어떤 식으로든 전개될 리 없다는 것은 잘 알고 있지만, 막을 수는 없다. 누구도 막을 수는 없다.

나는 완성된 정원을 내버려둔 채 회장 안을 몽유병자처럼 이리저리 돌아다니며 선생님을 찾았다.

"선생님…… 기가사키 선생님, 어디 있는 거지?"

옆 정원을 보고, 건너편 정원을 기웃거리고, 또 그 옆에 있는 정원을 들여다보고……. 넓은 회장 여기저기에 퍼져 있는 정원을 하나하나 기웃거리다 열 번째 정원을 보려는 때, 잔디밭 위에서 내 또래 여자와 담소하는 선생님의 모습을 찾았다.

"앗…… 찾았다!"

나는 선생님이 그 여자와 얘기를 끝내면 말을 걸려고
했다.

그런데 아무리 기다려도 끝날 기미가 보이지 않았다.

혹시, 저 여자가 선생님의 부인? 아니지, 저런 목소리
가 아니었는데, 그리고 선생님의 부인치고는 너무 화려
하다. 딱 한 마디밖에 듣지 못했는데, 부인의 목소리까
지 구별할 수 있는 내 귀의 천박함이 서글펐다.

"자, 그럼."

선생님이 문제의 여자 곁을 떠났다. 뒤돌아 때가 무르
익기를 기다리고 있던 나는 선생님 앞으로 뛰어갔다.

"기가사키…… 선생님……!"

뛰어는 갔지만 기어 들어가는 목소리였다. "장미를 봐
주세요"란 말밖에 이어 할 말이 없다는 것을 깨달았기
때문이다.

"아아, 하나코 씨, 정원은 완성됐습니까?"

"아, 네, 덕분에. 선생님이 주신 장미가 포인트가 됐어
요. 제 작품 부스, 저 쪽에 있는데 한번 봐 주시겠어요?"

조심조심 말을 꺼냈다. 그러자 선생님의 입에서 예기
치 않은 말이 흘러나왔다.

"아아, 미안하군요. 제가 드린 꽃을 출품한 분이, 두 분
이 더 있습니다. 아까 그 두 분하고 인사를 나눴는데, 그

쪽을 먼저 보고 가겠습니다."

"선생님이 꽃을 드렸다고요? 두 분에게?"

"네, 그래요. 모두 가지고 가고 싶은 마음은 굴뚝같지만, 짐을 최소한으로 줄이려고, 애착이 가는 것만……."

"네? 가지고 가요?"

"몸이 가벼워야, 그 쪽에 가서도 심기일전해서, 열심히 할 마음이 생기지 않을까 싶어서!"

"그 쪽에 가서요?"

"네. 아아, 하나코 씨한테 아직 얘기 안 했던가요? 아아, 이거 미안합니다. 나는 그만 얘기를 한 줄 알고. 다음 주에 나, 일본을 떠납니다."

"떠나요?"

"본격적으로 공부를 해보고 싶어서요. 영국의 한 시골에 정원이 있는 단독 주택을 구입했습니다."

"그럼, 유학을 떠나신다는 말씀인가요?"

"글쎄, 이 나이가 돼서 유학이라니 부끄럽습니다만, 뭐 그런 셈이죠. 아내와 둘이서 영국에 몸을 묻을까, 그런 생각도 하고 있습니다. 이 나이에 이런 말 하기는 좀 그렇지만, 헝그리 정신이랄까요. 아, 내게는 좀 어울리지 않는 말이군요, 하하하하."

"……."

"아 물론 홈페이지는 앞으로도 계속 운영할 겁니다. 메일을 주고받는데도 아무 문제가 없으니까, 나와 하나코 씨의 관계는 변함이 없습니다."

"……."

아아, 이런 바보 멍청이, 철딱서니 없는 아줌마.

꽃에 대해 의논하는 사람이 나 하나뿐일 리 없지 않은가. 왜 그렇게 간단한 일을 미처 생각지 못했을까, 나 자신을 때려 주고 싶었다.

내게는 선생님이 유일한 존재일 수도 있지만, 선생님에게는 많은 학생 중의 한 명에 지나지 않는다. 나는 가드닝에 뛰어난 재주를 갖고 있었던 것도 아니고, 선생님에게 선택받은 사람도 아니었다. 그저, 기가사키 마사토란 아이돌을 둘러싼 무수한 갤러리 중의 한 명. 선생님은 내가 아닌 다른 사람에게도 콘테스트 참가를 권유하였고, 또 자신이 가꾼 꽃을 선물하여 출품하게 했다.

지금 생각해 보니 납득이 간다. 선생님은 일본을 떠나면서 최대한 짐을 줄이려고, 신변 정리를 하고 싶었던 것이다. 그렇지 않고서는 품종을 개량하여 얻은 장미를, 홈페이지 상에서밖에 만난 적 없는 내게 줄 리가 없는 것이다.

"그럼, 그 두 분의 정원에 먼저 다녀오세요. 저는 저 쪽에 있으니까……."

나는 혼란스러운 마음을 다독여 "바쁘신데 실례했습니다"라고 말하고 재빨리 걸음을 내디뎠다.

"그럼, 나중에 찾아뵙죠."

선생님은 가벼운 말투로 그렇게 말하고 등을 돌렸다. 그 뒷모습을 보면서 나는 반대 방향으로 걸었다.

선생님은 나의 본명을 모른다. 내가 꾸민 정원이 어디에 있는지, 어떻게 찾아올까. 오직 선생님에게서 받은 장미 한 그루만이 나와 선생님을 잇는 줄이었다.

선생님은 몸을 가볍게 떨어내고 먼 장소로 이동하여 새로운 뿌리를 내린다. 나는 그런 모습을 부러운 눈길로 바라볼 뿐이다. 왜 나만, 왜 늘 나만 남겨지는 것일까.

"앗, 후타바 씨!"

도시오 씨의 목소리에 나는 내가 자신의 정원 앞을 그대로 지나치고 있다는 것을 알았다.

"후타바 씨, 차 사 왔어요! 여기 자동판매기가 없어서, 시간이 좀 걸렸는데. 기다리다 지쳐서 다른 정원 구경하고 왔어요?"

도시오 씨가 달려와, 차가운 캔 녹차를 내게 내밀었다. 사 온 시간이 흘렀는지, 캔 겉면의 물방울이 거의 말라

가고 있었다.

"자요, 후타바 씨."

"도시오 씨, 저."

"네?"

"이런 정원 꾸미고 나면, 녹차말고 무슨 다른 거 사야 한다는 생각 안 들었나요?"

"네?"

"잉글리시 가든이잖아요."

"아, 네."

도시오 씨가 입을 쩍 벌리고 내 말을 기다리고 있다. 눈동자에 난감한 그림자가 어린다. 애써 보여 준 호의가 고마워 어리광을 피운다는 것이 그만 심술궂은 발언을 하고 만다.

"녹차가 아니고, 밀크티죠. 오후의 홍차라든지."

"아아, 듣고 보니 그렇군요. 미안해요, 미처 그런 생각을 못 해서. 내가 이런 쪽으로는 아는 게 별로 없어서."

"……."

"그래도 이왕 사 온 거니까, 이거 들고 정원 앞에 서 보세요. 사진 찍어 드릴 테니까."

"됐어요, 사진 같은 거."

"그래도, 기념 사진은 찍어야죠."

기념 따위 필요 없다. 나에게는 '앞으로'만이 필요할 뿐이다.

"그래도, 후타바 씨, 자 웃어요, 치즈!"

콘테스트는 두 주간의 개최 기간을 무사히 끝내고, 배웅하러 나가지는 않았지만 선생님은 영국으로 떠나고, 나는 대량의 화분을 스가모의 집에다 도로 갖다 놓고 멍하니 세월을 보냈다. 그런데 선생님은 내게 뜻하지 않은 선물을 남겨 주고 떠났다.

내가 꾸민 정원이— 'OUT OF MEMORY'란 제목이었다—가작을 수상한 것이다. 선생님이 준 장미 덕을 톡톡히 보았겠지만 처음 출품한 작품이 상을 받다니, 솔직히 기뻤다.

나는 잊고 있었다. 정원 꾸미기를 시작한 것은 선생님에게 다가가기 위해서가 아니었다. 내가 원래부터 제라늄을 좋아해서 시작한 일이었다는 것을.

돌을 골라내고 체에 걸러 부드러워진 흙에, 뿌리가 다치지 않도록 조심조심 묘종을 심을 때의 그 따스한 감촉. 금세 사방으로 뿌리를 뻗는 아이비의 생명력에 감탄하면서 "좀 얌전하게 있어" 하고 뿌리를 자를 때, 움찔 손바닥에 닿는 지렁이의 귀여움. "예쁘게 피어야 돼" 하고 말을 걸면서 키운 라벤더의 그윽한 향기. 그렇게 정성을 들여 가꾼 꽃들이 보여 주는, 어떤 물감으로도 낼 수 없는 싱그런 색의 향연.

수상 소식을 들은 나는 당장에 도시오 씨에게 전화를 걸었다. 역시 가장 먼저 전하고 싶은 사람은 선생님이 아니라 도시오 씨였다. 도시오 씨는 마치 자기 일처럼 기뻐해 주었다. 하기야 자기 일처럼 묘종 찾기에도 열성을 보여 주었으니, 도시오 씨가 기뻐하는 것은 당연한 일이다.

컴퓨터를 켠다. 선생님에게 고맙다는 인사 메일을 쓰려고 한다. 선생님은 내게 정원 꾸미기의 맛을 가르쳐 준 분이니까.

선생님의 메일을 기다리는 나날에 버릇이 된 순서대로 우선 수신 메일을 확인한다. 그런데 메일이 한 통 와 있었다. 도시오 씨가 보낸 것이었다.

"뭐지? 방금 전에 통화했는데."

제목은 "축하합니다!"였다.

후타바 씨에게.

가작 수상 축하합니다! 그리고 이런 것이 생겼습니다!

메시지 밑에 파란 선이 그어진 URL이 있었다. 나는 그 곳에 커서를 대고 클릭했다.

인터넷 익스플로러가 작동하기 시작한다. 그리고 한 홈페이지 화면이 떴다.

화면을 본 나는 충격과 감동에 입을 다물지 못했다.

"도시오 씨가, 어떻게 이런 걸……."

그것은 콘테스트에 작품을 출품하기 위해 대량의 묘종을 사 들일 때부터 정원이 완성되기까지의 내 모습을 추적한 다큐멘터리식의 내 홈페이지였다.

맨 위에는 허브와 라벤더와 제라늄으로 구성된 완성작 'OUT OF MEMORY'의 대형 사진. 그 위에는 "이 작품으로 가작을 수상했습니다!"란 제목이 너울거렸다. 제목 바로 밑에는 카운터. 내가 들어가자 0001이란 숫자가 찍혔다. 내가 첫 손님인 것이다.

사진 속의 각종 식물을 클릭하면, 그 식물의 이름과 자세한 정보로 옮겨간다. 그리고 오른손에 캔 녹차를 들고 왼손으로 V자를 그리고 있는 내 모습을 클릭하자 우리 집 마당에 묘종이 들어왔을 때부터 그 묘종 하나하나가 콘테스트 회장에 조심조심 배치되는 과정이 주사위가 굴러가듯 펼쳐졌다.

한창 정원 꾸미기에 열을 올리고 있는 내 모습이 나 같지가 않았다.

나, 이 꽃 묘종을 옮기면서 이렇게 편안하고 부드러운 표정을 짓고 있었네. 이렇게 행복한 표정이었네. 일이 순조롭게 진행될 때마다 이렇게 만족스런 표정을 지었네.

모든 사진이, 내가 평소 거울 속에서 보는 나와는 어딘가 조금씩 달랐다. 내가 이런 표정으로 도시오 씨를 마주 했다니, 나는 전혀 모르고 있었다.

찍히고 있는 줄도 모르고, 인터넷 상의 버추얼한 선생님을 상대로 내 멋대로 꿈을 그렸다. 현실감이 없는 꿈만 그렸기에 나는 현실 세계를 함께 할, 함께 인생을 살아갈 파트너 하나 찾지 못한 것이다.

도시오 씨는 처음 만났을 때부터 너무도 자연스럽게 내 몸 어딘가에 깊이 파고들어, 나조차 그 존재의 크기를 인식하지 못했는지도 모른다. 하지만, 맞선을 본 지 넉 달이 지난 지금, 그 동안의 시간을 냉정하게 돌아보면 잘 알 수 있다.

다시 화면을 들여다보자 아이비란 글자가 아이베로 잘못 되어 있었다.

"에이, 도시오 씨는, 이런 걸 왜 틀려."

도시오 씨답다는 생각을 하면서 나는 피식 웃었다. 이런 웃음이 도시오 씨를 향한 피가 통하는 사랑인지도 모르겠다고 생각했다. 선생님에게 품었던 뜬구름 같은 허황한 느낌이 아니다. 두 발을 땅에 단단히 붙이고 꼭 껴안고 싶어지는 포근하고 평안한 느낌.

메일 따위로는 이런 느낌을 전할 수 없다. 문장으로 표현하려는 그 순간, 진실에 가장 가까운 말부터 푸슬푸슬 떨어져 나갈 것 같았다.

역시 가장 중요한 말은 만나서 하자, 이렇게.

"고마워요. 당신을 좋아해요."

'탈출하고 싶다'고 함부로 안달할 일이 아니다. 장소 따위 스가모든 에코다든, 어디든 상관없다. 우체국과 신용금고 커플이면 어떠랴.

중요한 것은 앞으로 '둘이서' 새 길을 개척하는 것이다. 그것이야말로 지금의 이 세계를 벗어나기 위한 첫걸음일 테니까.

바디블레이드

"아이, 선배, 요즘 영 화장발이 안 서네요. 그 박진감 넘치는 삼색 파운데이션, 다시 보고 싶은데."

"검은 머리카락도 숭숭 솟았고. 슬슬 미장원에 가서 다시 염색해야 되는 거 아냐?"

"선배, 이제 네일 살롱에는 안 가요? 지난 몇 달 동안 매니큐어 바른 거 통 못 본 것 같은데."

"전에는 아이라인까지 꼼꼼하게 그리더니, 나카가와 씨, 이렇게 말하기 좀 뭣하지만, 영 다른 사람이 된 것 같 아. 그래서 그런가, 얼굴도 좀 둥글둥글해진 것 같고."

나의 '옛날과 지금'. 그 차이를 말로 표현하자면 간단 하다.

결혼 전과 결혼 후.

편집부 여자 후배들은 사내에서 가장 화려했던 나의 변한 모습에 입을 모아 그렇게 충고했다. 물론 그녀들의 말에 악의가 없다는 것은 잘 안다.

하지만 그럴 때마다 나는 조그만 스프레이 용기에 담긴 식초를 입 안에 '직' 하고 뿌린다.

"혈액 순환에도 좋고 신진대사에도 좋대. 요즘은 이게 내 젊음의 비결이라고. 그대들은 아직 잘 모르겠지만, 이게 바로 결혼의 맛이랄까, 행복이랄까, 아무튼 그런 거야."

그렇게 여유만만한 웃음으로 받아넘겼다.

그렇다. 그때는 설마 그 '여유'가 결혼 생활의 앞을 가로막는 위험 요소일 줄은 꿈에도 몰랐다.

식초를 입 안에다 뿌리는 나를 후배들은 이렇게 놀렸다.

"아이 참, 선배, 진짜 아줌마 같다."

"그거 지난번에 우리 잡지에서 건강 특집으로 꾸몄던 내용이잖아요."

그 무렵에는 자신이 '아줌마'일리 없다는 자신감에 충만했으니까, 그녀들의 말에도 끄떡하지 않았다. 웃어넘길 수 있었다.

공사를 막론하고 화려한 소문이 끊이지 않았던 나하고는 전혀 딴판인 요시키를 만난 것은 작년 가을, 회사 지하에 있는 사원식당에서였다.

마감 날이라 정신없이 일하다가 혼자서 280엔짜리 라면으로 저녁을 때우고 있었다. 그가 고등어조림 정식을 들고 내 앞자리에 앉았다. 물론 앞자리에 앉은 낯선 중년의 남자를 의식할 내가 아니다. 나는 조용히 라면을 빨아올렸다.

그런데 그 중년 남자가 절반쯤 밥을 먹고는 갑자기 "맛있습니까?"라고 말을 걸었다. 내가 요시키와 나눈 첫 대화다.

놀랐다.

질문의 내용 때문이 아니었다. 이 세상에, 모두들 묵묵히 밥을 먹고 있는 사원식당이란 곳에서 말을 거는 사람이 있다는 것이 놀라웠다.

나이는 사십 대 초반. 쥐색의 꼬질꼬질한 투버튼 양복에, 회사원 아저씨들의 유니폼인 하얀 와이셔츠. 양복 어깨는 패드가 너무 큰 탓인지 헐렁헐렁 남아 돌아갔다. 머리카락은 딱 달라붙은 7대 3 가르마에 군데군데 까치머리가 솟아 있었다. 어느 모로 보나 중년의 궁상을 덕지덕지 붙이고 있는 그 인물은 평소 내가 상대하는 남자들과는 종자가 다른 타입이었다.

"아뇨, 뭐 맛있지도 맛없지도……."

상관하고 싶지 않은 나는 적당히 대답하고 끝내려 했다. 하기야 속도와 저렴함말고는 내세울 것이 없는 사원 식당에서 무슨 맛을 구하랴.

"그런데, 굉장히 맛있게 먹는군요."

"네…… 그렇게 보이나요."

그런데 그는 내 떨떠름해 하는 태도에도 전혀 아랑곳하지 않고 말을 계속했다.

"라면은 참 묘하단 말입니다. 남이 먹고 있는 걸 보면 나도 먹고 싶어지니."

"네에……."

"이거 나도 침이 꼴깍 넘어가는군요. 식권 사 와야겠습니다."

그렇게 말하고 그는 천천히 일어섰다. 양복에는 금물인 하얀 양말. 할인 매장에서 샀을 싸구려 검정 가죽 구두. 그것도 등이 반질반질하게 닳아 거의 에나멜 구두같아 보인다. 온몸에서 앉아 있을 때보다 더 촌티가 줄줄 흘렀다.

"그러시든지……."

"예, 갔다오겠습니다!"

내가 다 얼이 빠질 정도로 얼빠진 남자, 요시키를 처음
봤을 때의 인상은 그랬다.

몇 분 후, 그는 간장 라면을 담은 황록색 플라스틱 쟁
반을 들고 발걸음도 가볍게 다시 자리로 돌아왔다. 그러
고는 280엔짜리 별 맛도 없는 라면을 젓가락으로 홀홀
요란한 소리를 내며 빨아올렸다. 과연 남이 먹고 있는
라면은 맛있게 보였다. 그는 한 입 꿀꺽 삼키고는, "역
시, 라면은 맛있단 말입니다"라고 만족스러운 듯 감상을
얘기했다.

그리고는, "혹 괜찮으시면, 다음에 맛있는 라면 먹으
러 같이 가시죠"라고 은근슬쩍 나를 꼬시기까지.

이렇게 별 볼일 없는 중년 남자가 어떻게 이 나를? 더
구나 빌미가 라면? 그것도 사원식당에서? 하나에서 열
까지, 내 역사에는 있을 수 없는 만남이었다.

"저, 실례지만, 구문당 사원이신가요?"

나는 조심조심, 그 중년남자를 저울질해 보려고 질문
을 던졌다. 사내를 출입하는 업자의 추파에 그것도 사원
식당에서 넘어가서야, 고고한 나의 미학이 용납할 수 없
는 일이었다.

"아, 소개가 늦었군요. 저는 7층에 있는 서점 영업과에
서 영업 관리를 맡고 있는 사람입니다. 나카가와, 나카

가와 요시키라고 합니다."

우리 사원이야. 세상 사람들이 문화의 꽃이라 부르는 출판사에 이렇듯 꽃이란 말과는 전혀 무관한 후줄근한 인간이 있었다니, 나는 업계 전체를 대표하여 서글픈 기분이 들었다.

"아아, 그래요……. 나는……."

속으로 치를 떨면서 말하는데, 채 말을 끝낼 새도 없이 그가 말을 받았다.

"아아, 소개를 안 해도 다 압니다. 기노시타 씨죠? 기노시타 나츠미 씨. 〈여성 에이트〉의 기노시타 나츠미 씨."

"…… 아시나요?"

"그야, 〈여성 에이트〉의 기노시타 씨 하면, 사내에서 모르는 사람이 없잖습니까? 구문당의 연애선수에 실력까지 겸비한 미인 편집자 기노시타 나츠미 씨, 우리 업계에서는 꽤 유명한 사람이죠."

"그거, 칭찬하는 건가요? 아니면 무시하는 건가요?"

"그야, 물론 칭찬이죠."

나중에 생각해 보니, 그때 요시키는 농담을 한 것이 아니라 일심전력으로 사원식당 헌팅에 도전한 것이었다.

그때는 설마 이 내가 그런 가벼운 작전에 넘어가, 280

엔짜리 라면 한 그릇에서 '결혼'이란 인생의 대사건으로 골인할 줄은 꿈에도 몰랐지만.

　신혼의 단꿈에 푹 빠져 있는 나의 '여유'를 여지없이 깨부순 것은 목욕탕에서 흘러나오는 초음치 요시키의 콧노래 소리였다.

　한 해가 저물어가는 연말의 어느 싸늘한 토요일 밤. 성난 파도처럼 밀려드는 마감행진을 그럭저럭 이겨내고, 오랜만에 맞는 휴일을 요시키와 함께 전골이라도 먹으면서 즐기려던 참이었다.

　"맛있는 우유를 마아~신다, 뽀옹~."

　허억.

　나는 그 순간 내 귀를 의심했다. 지금 "뽀옹~"이라고 했나? 아니면 내가 헛들은 건가?

　대리석으로 된 카운터식 부엌에서 배추를 썰고 있던 나는 하도 어이가 없어 오른손에 들고 있던 부엌칼을 도마 위에 툭 떨어뜨리고 말았다. 하마터면 손가락이 잘려나갈 뻔했다.

　미…… 미니모니(키 150cm미만의 소녀들로 구성된 일본의 아이돌 그룹-편집자 주)? 뭐라구, 미니모니?

　요시키의 생활 사이클이나 행동패턴으로 보아 미니모

니 따위를 운운할 정보채취망에 절대 걸려들 리가 없었다. 그 정도는 남편에 대해 알고 있다고 생각했다.

아니 대체, 언제 어디서 저런 노래를 주워들은 거지?

그런 의문을 품고 도마 위에 놓인 배추를 써는 동안, 목욕을 끝낸 요시키가 가운을 걸치고 부엌으로 들어왔다. "가위 바위 뽀옹, 가위 바위 뽀옹, 가위 바위 뽕"이란 노래와 춤과 함께. 요시키는 두 손을 몸 앞에서 번갈아 교차시키면서 "뽕"이란 부분에서는 엉덩이를 쑥 내밀고 두 무릎을 깔딱거리면서 허리를 위아래로 흔들었다.

영락없는 바보 춤이었다.

"여보! 당신 지금 대체 뭐 하는 거야? 그만해! 바보 같이!"

"어, 당신, 몰라 이 노래?"

요시키는 얼빠진 표정을 지으면서 춤추던 몸을 "뽕"에서 정지시킨다. 이 세상에 서식하는 마흔한 살의 남자 중에서 가장 볼품없는 자세였다.

"왜 몰라! 누구한테 그런 것 묻는 거야? 내 담당은 아니지만, 나는 여성 주간지 편집자라고. 모를 리가 있겠어."

"참 그렇지. 역시 유명한가 보네, 이 노래."

"소박한 질문 하나 하겠는데, 당신이 미니모니 노래를

어떻게 알지?"

"뭐? 미니모니?"

"지금 불렀잖아, 그 노래."

"아아, 왜 그 있잖아…… 망년회 때 젊은 여사원이 불렀거든. 그래 맞아."

"호오……."

망년회? 요시키가 몸담고 있는 부서에 미니모니를 부를 만한 스무서너 살의 여사원이 있었나?

그 다음 일요일 오후, 또 이변이 생겼다.

그것은 내가 거실 소파에 느긋하게 누워 잡지를 팔락팔락 넘기고 있는데, 느닷없이 불쑥 출현했다.

화장실에서 갑자기 "끼약!" 하고 단말마 같은 요시키의 비명이 울렸다.

뭐, 뭐야?

화장실에 강도라도 숨어 있는 거야? 아니면 바퀴벌레라도? 아니면 피똥이라도 싼 건가?

나는 잡지를 내던지고 화장실로 뛰어갔다.

"당신, 왜 그래? 무슨 일 있어?"

손잡이를 돌리자 문이 잠겨 있었다. 나는 문을 쾅쾅 두드리면서 무슨 일이냐고 되물을 수밖에 없었다.

잠시 후 잠금쇠를 푸는 소리가 들리고, 요시키가 일그러진 표정으로 문을 열었다. 왼손으로는 사타구니를 꽉 누르고 오른손에는 뭔가를 쥐고 있었다. 그게 뭔지는 잘 보이지 않았다.

"도대체 무슨 일이야?"

요시키는 사타구니를 누른 채 몸을 앞으로 구부리고 부엌으로 가, 손에 쥐고 있던 무언가를 쓰레기통에 버렸다. 그러고는 거실 소파에 몸을 푹 묻었다.

"으윽…… 아이고, 아야……."

"대체 왜 그래, 사타구니는 부여잡고. 트레이너 입었으니까 고추가 지퍼에 끼었을 리는 없고."

나는 신음하는 요시키 옆에 앉는다.

"털, 털 뽑았어. 화장실에서."

"털? 거기 털?"

"응……."

"갑자기, 왜?"

"아니 그러니까, 충격 받아서……."

한스럽다는 말투였다.

"뭐 때문에?"

"…… 났어."

"나? 뭐가?"

"거기에 하얀 털이 났더라니까."

"애걔…… 하얀 털 가지고."

"애걔가 아니지. 놀라야 되는 거 아냐. 그것도 앞이 아니라, 앞이 아니라…… 뒤……."

"뒤?"

"그러니까, 불알, 불알에."

"어어……."

"앞이면 이렇게 아프지 않을 텐데, 불알에 난 털 뽑으니까 눈앞이 다 아찔하네. 아직도 눈물이 찔끔거린다, 너무 아파서. 나 고환암 같은 거 걸리면, 아마 치료도 받기 전에 아파서 죽을 거야."

"그럼 지금 쓰레기통에 버린 게 그 하얀 털이란 말이야?"

"어. 나 얼마나 충격 받았는데. 아래에 흰털이 다 나다니, 나도 참 늙었다, 아저씨 다 됐다 하고 말이야."

"사실이 그렇잖아."

"무슨 소리야, 나 아직 마흔한 살밖에 안 됐는데."

"아직이 아니라 벌써라고. 고린내 풀풀 나는 아저씨라니까."

"그래도 머리는 아직 괜찮잖아. 그런데 왜 아래에는 흰털이 나냔 말이야, 난 그것도 모르고. 아아, 충격이다 충격. 어쩌지, 이거. 아아아아······."

요시키는 사타구니를 누르던 손으로 이번에는 머리를 감싸쥔다.

"뭘 그래, 흰털 정도로. 그런 일로 그렇게 심각해질 거 없잖아."

나는 일단은 요시키에게 힘을 실어 준다. 힘이 되었는지 어쩐지는 모르겠지만.

"흰털이라고, 흰털! 늙은이의 상징 아니냐고!"

"대머리보다는 낫잖아."

"그런 식으로 비교하지마. 흰털 하나로도 충분히 충격적이니까."

"그런 건가······."

나는 대충 말을 얼버무렸다.

그래도 그렇지, 왜 갑자기 거기 털에 신경을 쓰는 것일까. 애당초 요시키는 자기 외모에 신경을 쓴 적도 없거니와 그런 데까지 일일이 점검하는 타입도 아니었다. 그리고 요시키에게 말은 안했지만, 실은 나 요시키의 거기에 흰털이 몇 오라기 나 있다는 걸 결혼 전부터 알고 있었다. 그렇다면 왜, 무엇이, 지금의 그에게 그 존재를 인식시킨 것일까.

더구나 발견한 장소도 좀 수상하다. 앞쪽에 난 털을 발견했다면 그나마 납득이 가는데, 요시키가 발견한 것은 불알에 난 털이다. 그런 곳에 난 털은 보겠다는 의지를 갖고 허리를 구부리고 물건을 들어올리고 관찰하지 않는 한, 쉬 발견되지 않는다.

충격에 몸을 떠는 요시키 옆에 앉아 나는 솟구치는 의문에 휩싸였다.

대체 무슨 심경의 변화지?

무엇 때문에 요시키가 그런 행동을 한 것일까?

그때 현관벨이 울렸다.

"네."

요시키를 거실에 남겨두고 타닥타닥 슬리퍼를 끌며 현관으로 나갔다.

"택배 왔는데요."

올 게 있었나? 하고 고개를 갸웃거리며 잠금쇠를 풀고 문을 열었다. 그러자 커다란 종이 박스가 세 개나 배달원 옆에 놓여 있었다. 이런 거 올 일 없는데.

"여기, 사인 좀 부탁합니다."

그렇게 말하는 배달원에게 나는 "이거 혹시 옆집 거 아닌가요?"라고 물었다.

그때 요시키가 거실에서 나와 말했다.

"아아, 미안합니다. 우리 집 맞아요."

"아니 당신, 이게 다 뭐야……?"

"나중에 얘기할 테니까."

요시키는 배달원이 건네주는 전표에 사인을 한다.

"감사합니다!"

배달원이 돌아가자 요시키는 영차영차 종이 박스를 거실로 옮겼다.

"뭐냐고, 이게?"

"왜 그거, 당신이 보는 홈쇼핑 책 있잖아. 그거 보고 샀어."

"그러니까, 이게 뭐냐고?"

"에이, 좀 기다려 봐."

요시키는 반갑다는 듯 종이박스를 뜯어 세 개의 물건을 꺼냈다. 전부 심야의 홈쇼핑 프로그램에서 흔히 볼 수 있는 트레이닝머신이었다.

하나는 스키보드처럼 길쭉한 판 한 가운데를 들고 있으면 그게 부들부들 떨리면서 전신의 근육을 단련해 주는 바디블레이드.

또 하나는 핸들을 쥐고 좌우 페달 위에 두 발을 올려놓고 앞뒤로 움직여 보행 운동을 하는 에어트래커.

마지막 하나는 누운 자세로 ㄱ자형 머신의 상단 경사부분에 머리를 대고 하단 경사부분의 바를 누르면서 일어나는, 복근 단련 엑서플렉스.

"뭐야 이게 다, 왜 이런 걸 갑자기 사 들인 거냐고?"

찢어지는 내 목소리에도 아랑곳하지 않고 요시키는 종이 박스를 재빨리 정리하고는 당장에 바디블레이드를 작동시켰다.

"나이가 이쯤 되니까 건강이 말이야, 역시 몸을 좀 단련해야지. 배도 나오고, 이렇게 복근 운동을 해서 허리띠 구멍 한두 개쯤 줄여야지, 안 그래? 그렇지, 당신도 하지 그래? 거 만날 책상에 앉아서만 일하니까, 운동부족일 거 아냐. 자 운동, 운동!"

요시키는 그렇게 말하고 두 손으로 들고 있던 바디블레이드를 오른손에 잡고, 왼손으로 나를 끌어당겼다.

하기야 다이어트도 좀 하고 운동도 필요하겠다 싶을 정도로 요시키의 몸에는 중년살이 올랐다. 맥주를 너무 마셔 배도 슬슬 나오기 시작하고. 하지만 지금까지는 내가 아무리 살 좀 빼라고 잔소리를 해도 들은 척도 하지 않던 그였다.

그런데, 이게 무슨 날벼락인가, 이 갑작스런 변화는?

도무지 석연치 않았다. 에어트래커 위에서 두 발을 앞뒤로 움직이며 나는 생각했다. 어제의 미니모니하며 오늘의 음모백발 사건, 갑작스럽게 사 들인 트레이닝머신

하며, 내가 마감 때문에 새벽에야 들어왔던 이전하고 지금, 요시키의 행동거지가 전혀 다르다.

해가 바뀌면서 나는 그 위화감의 실체를 파악했다. 예상했던 대로였다. 요시키에게서 마침내 여자 냄새를 맡은 것이다. 그것도 아주 분명하게. 나를 유명인이라 추켜세웠던 중년남자가 일찌감치 그 유명인에 대한 경외심을 잊어버린 모양이었다.

결혼식에 참석한 사원들에게 '미녀와 야수 커플의 탄생!' 이라고 놀림받고, 그 놀림에 흥분했던 것이 바로 9개월 전의 일인데.

여자가 있다는 것을 이렇게 알았다.

출판사에 다니는 주제에 〈주간 문춘〉외에는 잡지다운 잡지 하나 읽지 않는 요시키의 방 책상에 지금껏 한 번도 본 적 없는 잡지가 버젓이 놓여 있었다.

〈Tokyo Walker〉와 〈도쿄 일주간〉.

두 잡지 모두 어지간히 들춰댔는지 표지는 모서리가 닳아 뒤집어져 있고, 페이지가 모두 너덜거렸다.

펼쳐보니, 각종 가게 정보가 널려 있는 페이지마다 빨간 펜으로 동그라미가 그려져 있었다. 남자끼리 이런 곳을 순례할 리도 없고, 나를 그런 가게에 데리고 가겠다는 암시도 전혀 없었다. 아무리 눈치없는 인간이라도 이 정도면 금방 알 수 있다. 여자와 함께 가기 위해서라는 것을.

빨간 동그라미까지 쳐놓다니 요시키도 참 대단해졌군, 하고 웃고 싶었지만 물론 웃음이 나올 리 없다.

그 다음은 2월 초순.

그 날 내가 집에 들어오자, 요시키가 침실에 있는 벽장과 자기 방을 오락가락하고 있었다.

내가 "왜 그렇게 허둥대?" 하고 묻자 요시키의 대답.

"대학 시절 때 친구 중에 사토라고 있잖아? 그 친구 아버지가 어제 돌아가셨다는데, 내일 문상 가야 될 것 같아서 지금 상복 찾는 중이야."

"갔다 금방 올 거지?"

"아니, 그 녀석 고향이 니가타잖아. 출상까지 다 보고 일요일에나 올 거야."

장례식에 간다는데, 요시키의 목소리가 어딘가 모르게 들떠 있었다.

"어어, 그래. 힘들겠네."

그렇게 요시키의 말을 순순히 믿는 척 했지만, 운좋게 외박할 수 있는 사건이 그리 쉬 생기랴 싶었다.

'대학 시절 친구 사토' 란 인물 설정부터가 수상했다. 요시키의 직장 동료 같으면 대충 이름을 알고 있다. 그런데 대학 시절 친구라니, 결혼식 때 딱 한 번 인사를 나눴을 뿐이다. 게다가 좀 희귀한 성이라면 몰라도 흔해빠진 '사토' 다. 얼굴이 떠오를 리 없다. 그렇다고 "내가 그런 사람 어떻게 알아"라고 잘라 말할 수도 없고, 어쩌면 '사토' 란 인물이 실제로 있을지도 모르고. 또 정말 장례식에 가는 거라면 누군가의 불행에 "거짓말이지?"라고 캐물어 단죄하기도 껄끄럽다. 요시키의 거짓말이 다소는 업그레이드되었다는 뜻일까?

요시키가 준비를 끝내고 침대로 들어갔다. 잠옷으로 갈아입은 나는 오늘 입었던 옷을 벽장에 넣으려고 문을 열었다. 그런데 넥타이 헹거에 장례식의 필수품인 검정 넥타이가 그대로 걸려 있는 것 아닌가. 깜박했나, 생각한 나는 여행 가방에 넣어 주려고 침실로 갔다. 바닥에 아무렇게나 놓여 있는 여행 가방, 속옷, 양말, 흰 와이셔츠, 면도기, 검정 양복이 뒤죽박죽 섞여 있는 틈새로 노란 것이 흘끗 보였다.

"이게 뭐지?"

나는 그 노란 것을 꺼냈다.

"……!"

그것은 폴 스미스의 터틀넥 스웨터였다.

폴 스미스? 요시키의 감각으로는 도저히 고를 리 없는 브랜드였다. 브랜드는 물론 디자인도 색상도 전혀 요시키답지 않았다. 요시키, 언제 이런 걸 다 샀지?

폴 스미스의 스웨터를 갖고 있다는 것도 수상하지만, 그보다 장례식에 간다면서 이렇게 밝은 색의 옷을 챙길 필요가 없지 않은가.

"참 내, 이런 것까지 다 집어넣고……."

나는 들으라는 듯 가방을 향해 중얼거리면서 일어났다. 그리고 시선을 가방에서 몇 십 센티미터 위로 올렸다. 책상 위에 놓인 잡지 한 권이 눈에 띄었다. 〈Tokyo Walker〉도 〈도쿄 일주간〉도 아니었다. 이번에는 〈자란〉이었다. 표지에서 '설풍경을 만끽하면서 온천 삼매!' 란 글자가 꿈틀대고 있었다.

펼쳐보나마나였다. 어차피 빨간 동그라미가 쳐져 있을 테니까.

결정적인 단서를 잡은 나는 표지의 특집 타이틀을 보면서 그저 웃고만 있을 수는 없었다.

그 얼마 후에 여자의 이름을 알아냈다.

그 사이에도 요시키의 변화는 점점 속도를 더했다.

닳아빠진 검정 구두가 반짝반짝 빛나는 브리티시 테이스트의 몽크 스트랩 슈즈로 변하는가 하면, 까치머리 7대 3 가르마가 앞머리에 힘을 준 5대 5 가르마로 돌변하고, 폴 스미스의 짙은 감색 쓰리 버튼 양복과 하늘색 와이셔츠가 벽장 속에 뒤섞여 있는가 하면, 세면대에는 개츠비의 헤어 왁스와 무스가 놓였다. 그것들이 어울리는지 어쩐지는 둘째치고, 아무튼 요시키의 외양은 날로 변해 갔다.

거실과 부엌 공간을 나누는 칸막이 역할을 하는 하얀 선반 위에서 충전기에 꽂혀 있는 요시키의 휴대폰이 울렸다. "가위 바위 뽕" 멜로디였다.

새벽 1시. 나는 집에 막 돌아왔고, 요시키는 잠들어 있었다.

"여보, 전화 왔어."

나는 침실 쪽에다 대고 소리를 질렀다. 그런데 요시키는 곤히 잠들었는지 침실에서 나오는 기척이 없다. 이런 시간에 누구지, 침실에 갖다 주려고 휴대폰을 빼 들었다가 문득 모니터를 들여다보았다.

'우에다 유카'란 들어본 적 없는 여자의 이름이 떠 있었다.

옳지!!

바로 이 여자라고 직감적으로 알았다.

이 여자가 나도 바꾸지 못한 요시키를 불과 한두 달에 변신시켰다.

그렇게 생각하는 순간, 내 인생에서 한번도 경험해 본 적 없는 감정이 목구멍으로 치밀어 올랐다.

그것은 이름하여 질투.

연애를 하면서 상대방이 한눈을 팔아도, 그 상대 여자가 누군지 알고 싶지 않았다. 아니 관심조차 없었다. 하지만 지금은 사정이 다르다. 우에다 유카의 정체를 알고 싶다. 내게는 없는데 그녀에게는 있는 것이 있다면, 그것이 무엇인지 알아내 결말을 짓고 싶었다.

질투란, 이런 기분인 모양이다.

하지만 나는, 난생 처음 느끼는 그 감정에 어떻게 대처하면 좋을지 몰랐다.

지금 당장 요시키를 두드려 깨워서, 어떻게 된 일이냐고 캐물어야 하나. 이제 관계를 끊으라고 애원해야 하나. 머리칼을 쥐어뜯으며 발광을 해야 하나. 어린애처럼 훌쩍훌쩍 울면서 절규해야 하나. 아니면 뺨이라도 한 대 올려 부쳐? 아니면 이대로 가만히 보고도 못 본 척?

하지만 어떤 방법도 오답은 아니지만 정답도 아닌 듯했다.

그날 밤 나는 우에다 유카가 과연 어떤 여자일지 상상하느라 잠도 못 이뤘다. 침대에서 몇 번이나 한숨을 내쉬며 몸을 뒤척였고, 결국은 잠시도 눈을 못 붙이고 아침을 맞았다.

새벽녘 침대에서 나와 어째 유난히 춥다 싶어 창 밖을 내다보니, 건너 집 지붕에 엷게 눈이 쌓여 있었다. 질투란 음습한 감정도, 저렇게 하얀 눈으로 곱게 감춰지면 좋을 텐데, 하고 생각했다.

그런 내 심정도 모르고 요시키는 늘어지게 하품을 한다. 우에다 유카와 이번에는 어디서 데이트를 하지…… 그런 꿈이라도 꿨나 보다.

푸르르 떨리는 몸을 데우려고 입 안에 식초를 칙 뿌리고, 모자라나 싶어 다시 한 번 칙 뿌린다. 잠이 덜 깬 요시키의 태평한 얼굴을 보자 주르륵 눈물이 흘러 내렸다.

회사 식당에서 요시키에게 넘어갔을 때, 나는 마침 1년 가까이 사귄 남자와 헤어진 직후였다.

그 남자는 광고 회사의 플래너란 직업을 이용해서 '리서치'란 이름하에 미팅을 주선했고, 그 자리에서 만난 스무 살짜리 여대생을 꼬드겼다. 이른바 양다리를 걸치려 한 것이다. 경험 많은 나는 일찌감치 눈치를 때렸고,

상처가 깊어지기 전에 내가 먼저 결별을 선언했다. 나이는 한 살 위. 조지대 법학부 출신에, 부모님은 니혼바시에서 전통옷가게를 한다고 했다.

외모가 봐줄 만 하고 머리나 감각도 그런 대로 쓸 만하다 싶은 남자는 하나같이 바람을 피운다. 다소 조건을 갖춘 남자는 한번 노린 여자를 손에 넣고 잠시 주물럭거리다 싫증 날 새도 없이 새 먹이에 군침을 삼킨다. 일종의 병이다.

'야마토 나데시코'라는 드라마에서 마츠시마 나나코가 연기한 주인공 스튜어디스는, "여자의 한창 나이는 스물 일곱"이라고 했는데, 어쩌면 맞는 이야기인지도 모르겠다. 남자에게 차이는 바보짓은 안 했지만 스물일곱 살을 절정으로 사귀는 남자에 대한 나의 고자세 강도가 점점 낮아졌기 때문이다.

연애는 따라 다니는 쪽에 서느냐, 거느리고 다니는 쪽에 서느냐에 따라 다르다. 주도권을 쥔 인간은 반드시 변한다. 스물일곱 살이란 나이가 남녀의 입장을 반전시키는 전환점인지도 모르겠다. 많은 여자들이 이 나이가 되면 오래도록 쌓아올린 거느리는 자의 입장에서 따라 다니는 자의 입장으로 내몰린다. 아무리 그래도 그렇지 내가, 기노시타 나츠미가 그런 정석을 밟으리라고는 꿈에도 생각지 못했다.

스물예닐곱 때까지는, 생일 때만 되면 그야말로 온갖 재주를 피운 이벤트가 펼쳐졌다.

아무 것도 모르고 퇴근을 하는데, 회사 앞에서 마치 납치를 당하듯 BMW 조수석에 태워져, 도착한 곳이 다마 강의 둔치, 검푸른 한여름 밤의 하늘에 내가 좋아하는 라벤더 색 폭죽을 몇 발이나 쏘아 올린 남자도 있었다. 이건 후일담인데, 그가 있는 연줄을 다 동원해서 모아들인 폭죽사들은 이 무단 불꽃놀이 때문에 하마터면 자격을 박탈당할 뻔했단다.

파김치가 되어 늦은 밤에 집에 돌아왔더니, 300개 이상의 알록달록한 풍선이 엘리베이터 있는 데까지 흘러 넘친 적도 있었다. 터질 듯 팽팽한 풍선을 헤치고 조심조심 거실로 들어가자, 천장까지 닿는 대형 풍선 뒤에 있던 남자가 샴페인을 터트리며 "나츠미! 생일 축하해!"라고 외치기도 하고…….

그랬는데 서른이 넘자 그런 화려한 이벤트도 뜸해졌다. 그것은 연애를 잡는 악력이 그만큼 약해졌다는 징조였다.

보람도 있고 수입도 괜찮은 일이 있기에, 결혼에 그리 안달하지는 않았다. 그런데 나이에서 오는 연애감각의

퇴보는 내게 "확실하게 잡을 수 있는 것을 잡아"라고 끊임없이 신호를 보냈다.

그런 신호를 감지하기 시작한 시기였으니, 평소 같으면 그 자리에서 거절했을 요시키 같은 남자의 꾐에 넘어간 것이다. 나를 '노처녀의 꽃'이라 섬기는 이 볼품없는 남자 같으면 퇴보한 감각으로도 확실하게 잡을 수 있으리라 믿었다. 이 남자라면 평생 주도권을 쥐고 살 수 있을 것이라고 믿었다.

그런데, 어떻게, 결혼 1주년 기념일이 이렇듯 나를 괴롭히는 날이 되다니. 주도권을 쥔 나의 선물에 감격한 요시키가 춤이라도 춰야 되는 날에.

나는 결혼 후 처음 맞는 밸런타인데이에 턴테이블을 선물하기로 마음먹고 있었다.

독서말고는 이렇다 할 취미가 없는 요시키가 딱 한 가지 좋아하는 것이 있다.

재즈 LP를 모으는 것이다.

학생 시절에 우디 알렌의 영화를 보고 푹 빠졌다고 한다. 처음으로 요시키의 집에 갔을 때, 종이 상자와 선반에 빼곡하게 들어 차 있는 LP를 보고는 뜻밖의 모습에 놀란 기억이 있다.

그런데 결혼하면서 산 지금 아파트로 이사할 때, 요시키가 학생 시절부터 애지중지하던 턴테이블이 트럭 속에서 부딪쳤는지 그만 망가지고 말았다. 그 후, 더는 들을 수 없게 된 대량의 LP 레코드가 요시키의 방 선반에서 활약할 터를 잃어버린 채 읽다 버린 만화잡지처럼 먼지를 뒤집어쓰고 있었다.

사귄 지 넉달 째에 처음 맞은 작년 밸런타인데이에는 별 생각없이 초콜릿을 선물했다. 요시키는 생 초콜릿 세 개를 잇달아 입에 넣고 우물거렸다. 그런데 사실은 단 것을 싫어하면서도 내가 미안해할까 봐 억지로 먹었다는 것을 나중에야 알고는, 좀 무심했다고 슬쩍 반성까지 했었다.

그런 요시키를 위해서 턴테이블을 준비하다니, 내심 제법 깜찍한 아이디어라고 생각했다.

그 날은 일을 빨리 끝내고, 회사가 있는 신바시에서 긴자선을 타고 종점인 시부야에서 내려 턴테이블을 샀다. 그리고 백화점에서 샴페인을 사고, 그 길로 이노가시라선을 타고 시모기타자와에 있는 '킹콩'에 들러 〈한나와 그 자매들〉의 사운드트랙 레코드를 샀다.

아파트에 도착하자마자, 나는 턴테이블과 레코드를 들

고 그대로 요시키의 방으로 들어가 책상 한 가운데 내려 놓았다. 요시키가 돌아오면 "당신, 방에 가 봐! 깜짝 놀랄 게 있어"라고 말할 참이었다.

거실로 나와 핸드백을 소파에 던져 놓고 리모컨으로 난방을 켜고, 옷을 갈아입고 벗은 옷을 침실 벽장에다 걸어 놓았다. 그리고 나는 빨리 시원해지라고 샴페인을 냉동고에 집어넣어 두었다.

밤 8시. 슬슬 요시키가 돌아올 시간이었다. 그가 하는 일은 편집과 달라서 비교적 일정한 시간에 시작되고 끝난다.

그런데, 9시가 지나고 10시가 지나도 요시키는 돌아오지 않았다.

"아이, 왜 이렇게 늦는 거야……."

식탁 의자에 앉아 축 늘어진 나는 혼자서 중얼거렸다.

그 다음에는 거실 소파에 앉아 볼 것도 아니면서 텔레비전을 켰다. 브라운관에서는 아카시야 삼마(일본의 유명 코미디언-편집자주)가 들어봐야 별 득도 없는 이야기를 늘어놓고 있었다. 생방송은 아니지만, 그래도 밸런타인데이 밤까지 저렇게 요란을 떨어야 먹고 사는가 싶어, 조금은 안 됐다는 생각이 들었다.

왠지 맥이 쭉 빠져 텔레비전을 껐다. 그 순간, 소름이

끼치도록 사방이 조용해졌다.

생각해 보니, 나는 이 집에서 혼자 밤을 보낸 적이 거의 없었다. 물론 자고 있을 때가 많았지만, 내가 돌아오면 이 집 어딘가에는 반드시 요시키가 있었기 때문이다.

내가 돌아오는 시간은 빨라야 밤 9시나 10시. 한잔하고 돌아오면 날이 바뀌어 있었다. 자정이 넘어야 들어오는 날도 허다했다. 아니, 헤롱헤롱 취해서 새벽 3~4시에 들어와 옷도 벗지 않은 채 소파에 널브러져 잠든 적도 한두 번이 아니었다. 아침에 먼저 일어난 요시키가 담요를 덮어 주는 일도 한 달에 두세 번은 족히 있고. 게다가 매주 화요일인 마감날에는 어김없이 첫 전철을 타고 들어온다.

결혼을 하고서도 요시키가 이렇게 조용한 밤을 늘 혼자서 지냈을 것이라 생각하니, 가슴이 뜨끔 아팠다. 대학에 다닐 때부터 마흔 살이 되도록 혼자 살았다고는 하나, 원래부터 혼자 사는 방에서 혼자 지내는 것하고, 둘이서 살기 위한 집에서 혼자 지내는 것하고는 의미가 다르다. 정적의 스케일이 다르다. 고독도 그 수치가 전혀 다르다.

고독에 익숙하지 않은 나는 요시키가 없는 시간을 어떻게 요리하면 좋을지 몰랐다. 오직 목을 빼고 그가 빨리 돌아와 주기를 기다리는 길밖에 없었다. 하지만 현관문이 열리는 기척은 전혀 없고, 무정하게도 시계 바늘은 한 시도 쉬지 않았다.

우에다 유카하고 같이 있는 건가…….

아무리 바람을 피운다지만 결혼하고 처음 맞는 밸런타인데이를 모른 척 하다니, 생각지도 못한 일이었다.

퍼뜩 정신을 차려 시계를 보자 자정을 지나 이미 날이 바뀌어 있었다. 이제는 밸런타인데이도 아니다. 그냥 2월의 어느 목요일.

나는 혼자서 샴페인을 터트리기로 했다. 술이라도 마셔야지, 안 그러면 견뎌내기 힘들 것 같았다. 르델의 플롯 글래스에 거품이 너무 일지 않게 금색 액체를 가득가득 따른다. 단숨에 꿀꺽 삼키고는, 또 한 잔. 그리고 또 꿀꺽 삼키고, 또 한 잔……. 그렇게 거푸 마시다보니 어느 틈엔가 샴페인이 내 몸 속으로 술술 사라져 바닥에서 5센티미터 정도밖에 남지 않았다. 그런데도 어찌된 일인가 전혀 취기가 돌지 않았다. 오히려 정신이 더 말짱해졌다.

그때, 찰칵 소리가 나면서 현관문이 열렸다.

나는 잔을 내려놓고 벌떡 일어나, 복도를 종종 뛰어 현관으로 나갔다.

"엇, 당신, 들어와 있었네."

전신을 폴 스미스로 휘감은 요시키가 구두를 벗으면서 멀뚱하게 말했다.

"아, 응. 오늘 밸런타인데이라서……."

기다리고 있었다는 말은 하지 못했다.

"아아, 듣고 보니 그렇네. 여사원하고 보험 아줌마가 초콜릿 주더니."

둘러대기는. 방금 전까지 우에다 유카하고 밸런타인데이트를 즐기고 온 주제에.

하지만 나는 "왜 이렇게 늦게 들어온 거야!"라고 책망하지 않았다. 그렇게 푸념을 늘어놓고 나면, 영원히, 완전히 주도권을 이 남자에게 빼앗기고 만다. 그게 겁이 났다.

"그랬어? 그럼 받은 초콜릿 전부 식탁에 내놔. 우리 회사, 밸런타인데이에 여사원이 기혼인 남자 사원한테 초콜릿 선물하면, 화이트데이 때 돌아오는 게 있는지 없는지, 그걸로 부인의 역량을 재는 관례가 있으니까."

나는 머릿속에서 천 갈래 만 갈래로 교차하는 갈등을 잠재우려 천천히 말을 골라가며 태연하게 말했다. 그러자 요시키는 거실로 걸어가면서, "호오, 그래, 알았어"라고 말하고는 가방에서 조그만 초콜릿 상자를 꺼내 거실

테이블에 놓았다.

모두 고작해야 7~8백 엔짜리 시판되는 초콜릿이었다. 그것도 뜯어보지도 않은. 그 세 개의 조그만 초콜릿은 역시 요시키가 단 것을 싫어한다는 것을 여실히 말해주고 있었다.

하지만.

우에다 유카가 이렇게 싸구려 초콜릿을 주었을 리는 절대 없는데. 정작 유에다 유카가 줬음직한 진짜는 보이지 않는다. 그야 물론 가방에다 숨겨 두었겠지만.

"나, 샤워 좀 할게."

목욕탕 문이 탁 하고 닫히는 것을 확인한 나는 소파에 나뒹구는 가방 속을 재빨리 뒤졌다.

남자의 가방 속을, 주인 몰래 슬쩍 점검하다니. 그런 짓을 하는 자신이 한심하고 비참해서 참을 수가 없었다. 하지만, 멋대로 움직이는 내 손을 막을 수는 없었다.

어이없게도, 금방 찾았다. 벗긴 포장지가 가방 속에 그대로 펼쳐 있었다. 오렌지와 핑크색 가느다란 줄무늬 포장지에 빨간 오간디 리본의 분위기로 봐서 핸즈나 LOFT에서 산 수제 포장지인 듯 했다.

"그렇다면…… 직접 만든 초콜릿?"

나는 살금살금 직사각형 상자를 열었다. 안에는, 상자

속에서 초콜릿이 움직이지 않도록 가느다란 투명 비닐이 조르륵 깔려 있고, 그 위에 마들레느 밑을 감싸는 알루미늄 호일 틀이 여덟 개 놓여 있었다. 그리고 틀 안에는 코코아 파우더를 뿌린 동그랗고 올록볼록한 토리프. 틀은 여덟 개인데 토리프는 다섯 개밖에 남아 있지 않았다.

"그럼 세 개나 먹었단 말이네……."

작년에 내가 준 초콜릿도 세 개를 먹었다. 하지만 생초콜릿 한 개는 토리프 한 개보다 훨씬 작다. 단 것을 싫어하는 요시키가 이렇게 커다란 토리프를 세 개나 먹다니……. 나, 우에다 유카한테 진 거야? 아무쪼록 한 개는 우에다 유카가 자기 작품을 입에 넣었기를…….

왼손에 초콜릿 상자를 들고 천장을 올려다보면서 마치 기도하듯 그런 생각을 하며 한숨을 쉬고 다시 고개를 숙이는데, 오른손에 든 뚜껑 뒤에 붙어 있는 복숭아꽃처럼 엷은 핑크색 카드가 눈에 들어왔다.

"……?"

나는 카드를 떼어내 동글동글한 글자를 읽는다.

요시군

"뭐? 요, 요시 군?"

나는 기가 막혀서 뒤로 나자빠질 뻔했다. 요시 군······
이라니, 이거 요시키를 뜻하는 거 맞지? 요시키를 '요시
군'이라고 불러! 아무리 애정이 넘쳐도 그렇지, '요시
군'은 너무 하지 않나.

그러나 놀람은 거기서 그치지 않았다. '요시 군' 밑에
이런 글귀가 적혀 있었다.

다음 달 유카의 스물한 살 생일, 축하해 주세요!!

유카가

"다음 달에 스물한 살, 그럼 지금 스무 살이라는 거
야?"

나는 거의 비명에 가까운 소리를 질렀다.

요시키가, 그 후줄근한 요시키의 상대가 스무 살짜리
애송이? 여자도 그렇지, 뭐가 좋다고 하필이면 나이가
두 배나 되는 아저씨하고 놀아나. 돈? 아니면 숙련된 섹
스? 상상력이 빈곤한 것인지, 스무 살짜리 여자와 마흔
한 살의 아저씨가 사귀는 이유 따위 그런 정도밖에 떠오
르지 않는다. 그렇다고 섹스 테크닉이 그리 뛰어난 것도
아닌데. 필살기가 있는 것도 아니고, 아주 평범한데. 적

어도 내게는, 그런데.

아아, 아무리 그래도 그렇지.

광고 기획사 남자에 이어, 요시키까지…….

왜 나만 연속으로 스무 살짜리 애송이에게 남자를 빼앗겨야 한단 말인가? 키도 크고 옆얼굴이 그럴싸한 광고 기획사 남자는 그렇다치고, 요시키는 아무리 젊게 꾸미고 꾸며봐야 서른 살 정도 여자나 상대해 주면 다행이라고 생각했는데.

내가 안이했다. 지금 이대로 가다가는 내년 성인식 날에는 전 일본의 성인식장에 불을 지를지도 모르겠다.

그런 생각으로 속을 부글부글 끓이고 있는데, 목욕탕 문이 열리는 소리가 들렸다. 나는 허둥지둥 우에다 유카의 초콜릿을 가방에다 집어넣고, 시침 뚝뗀 얼굴로 부엌으로 가 식탁 의자에 앉았다. 그리고 옷을 입고 있을 요시키에게, 맥빠진 몸에서 기운을 쥐어짜내 숨을 크게 들이쉬고 소리를 질렀다.

"당신! 방에 가 봐! 깜짝 놀랄 선물이 있어!"

그러자 요시키는 "음, 어" 하고 건성으로 대답했다. 그러고는 자기 방에는 들어가지도 않고 바로 침실로 들어갔다. "나 먼저 잔다"는 늘어진 한 마디를 남기고.

나는 믿을 수가 없었다. 나는 후다닥 침실로 뛰어갔다.

어두운 방에 침대맡 스탠드만 덩그러니 켜져 있고, 요시키는 벌써 침대에 들어가 있었다.

"여보, 아이 좀!"

나는 요시키의 발치에 서서 애원했다. 결혼하고 처음 맞는 밸런타인데이가 우에다 유카의 토리프 세 개로 막을 내리다니, 용납할 수 없었다. 하지만 요시키는 아무 생각도 없다.

"음 아, 다음에⋯⋯. 미안, 나 잠이 와서⋯⋯."

그 말이 마지막이었다. 요시키는 셋, 둘, 하나, 하고 수를 세면 고개를 푹 떨구는 최면술에 걸린 사람처럼, 꼴까닥 잠에 빠져들었다.

"당신이 나한테 선물? 뭘까? 기대되는데⋯⋯."

그 다음 말을 기다렸지만, 코고는 소리뿐이었다.

"당신⋯⋯."

요시키가 새근새근 자는 동안, 나는 침실에서 울고 부엌에서 울고, 그리고 5센티미터 가량 남은 샴페인을 단숨에 들이켰다. 눈물 섞인 샴페인은 시큼하고 씁쓸했다. 나는 핸드백에서 식초를 꺼내 입에 뿌렸다. 뒷맛이 그나마 조금 달콤해져서 다행이었다.

결국 턴테이블과 레코드는 포장도 뜯지 않은 채, 시간만 잔인하게 흘러갔다. 그리고 그것을 사 들인 나조차 그 존재를 잊어갔다.

요시키는 그 후에도 종종 늦게 들어오는 모양이었다. 하지만 간섭하지 않기로 마음먹은 나는 일부러 정신없이 일하고, 변함없이 밤늦도록 술을 마셔 후배에게서 "나카가와 선배, 요즘 날로 더 엉망이네요"라고 불필요한 잔소리를 듣는 나날을 보냈다.

"나카가와에서 다시 기노시타로 돌아간 건가, 하하하."

이렇게 자학적인 농담을 날리면서 말이다.

출판사는 사내에서 눈이 맞아 결혼을 하든 그러다 이혼을 하든 그리 신기하게 여기는 곳이 아니다. 후배도 내 농담에 맞장구를 치면서 웃는 것으로 끝이었다.

그러던 어느 날의 일이다. 밸런타인데이에서 3주일이 지났다.

가볍게 한잔하고 마지막 전철을 타고 새벽 1시 반쯤 집으로 돌아왔다. 버릇처럼 우편함을 열어 우편물을 들고 나는 방으로 들어갔다. 우편물을 꺼내 오는 것은 내 일이었다.

요시키는 벌써 잠이 든 듯했다. 식탁 의자에 걸터앉아 바닥에 핸드백을 내려놓고 우편물을 식탁 위에 죽 늘어놓았다. 전화요금 명세서를 체크하고, 판촉물을 읽은

뒤, 신용카드 사용 명세서가 들어 있는 봉투를 뜯었다.

"41만 8천 375엔!?"

나는 사용한 기억조차 없는 금액이 찍혀 있었다.

"이거, 옆집 거 잘못 들어온 거 아냐."

놀란 나머지, 나는 혼자 중얼거리며 주소와 이름을 확인했다.

"……!"

분명 나카가와 요시키라고 쓰여 있었다. 요시키나 나나 같은 회사의 카드를 사용하기 때문에 내 앞으로 온 명세서인 줄 알고 잘못 뜯어본 것이었다.

요시키, 이렇게 많은 돈을, 어디다 쓴 거야!?

하얗게 질린 나는 명세서를 활짝 펼치고 사용처를 훑었다.

"듀 반 미야모토, 크리냥쿨, 일 보카로네, 레스토랑 히로, 아비앙트, 엔, 폴 스미스, 프라다, 오텔 드 미크니, 춘추, 카르미네 에도키아노, 사카도리, 오키나, 타스토반, 히사베……."

더 이상은 손이 떨려 읽어내려 갈 수가 없었다. 뻔했다. 우에다 유카와 데이트를 하면서 이렇게 돈을 쏟아부은 것이다. 폴 스미스는 요시키의 양복, 프라다는 우에다 유카에게 준 선물인 줄 알겠는데, 그래도 그렇지 데이트에 지나치게 돈을 쓰고 있다. 히사베라면 생선초밥 집이 아닌가. 요시키는 내가 식초를 뿌리는 것만 봐도 인상을 찌푸릴 정도로 식초를 싫어해서 생선 초밥도 반드시 맨밥으로 만들 것을 고집하는 사람이다. 그런데 젊은 여자에게 잘 보이려고 생선초밥까지 극복했다는 말인가!? 더구나 일본에서 최고로 비싼 긴자의 초밥집에서……? 나도 아직 한번도 못 가본 곳이다.

나하고 데이트를 할 때는 라면집만 순례했던 사람이다. 요시키와 함께 한 기억의 무대는 온통 라면집이다. 라면집 말고는, 회사 근처에 있는 요시키의 단골 선술집 정도다. 그것도 아저씨들만 버글거리는. 한참 사귈 때는, 온 신바시에 우글거리는 아저씨들의 열기를 바짝 졸인 듯한 분위기 속에서, 요시키를 앞에 앉혀 놓고 일에 대한 불평만 늘어놓았다. 요시키는 끈질기게 들어주었다. 절묘한 때에 맞장구를 쳐주고, 때로는 같이 화도 내주면서. 요시키는 아저씨들로 북적거리는 그 가게에 정말 잘 어울렸고, 나 역시 오래지 않아 친숙해졌다.

그 기억을 가지고 괜한 트집을 잡으려는 것은 아니다. 요시키의 그런 소박한 면이 마음에 들었는데, 이 뜻도 모를 외국어는 다 뭐란 말인가. 나와 데이트를 할 때하고는 너무도 다르지 않은가. 이렇게까지 하면서 우에다 유카를 갖고 싶은 것일까. 스무 살 남짓한 여자를 이런 곳에 데리고 가면, 그야 물론 좋아할 것이다. 또래 남자들은 절대 데리고 가지 않을 테니까.

그런 가게에 내가 아니라 우에다 유카를 데리고 갔다고 해서 충격이 큰 것은 아니다.

요시키가 자기 생겨먹은 것하고는 전혀 어울리지 않는 노력을 하고 있다는 것, 젊은 여자 하나를 위해 이렇듯 분발하고 있다니, 그 점이 가장 큰 충격이었다.

결혼을 하고 나서는 라면집 데이트 한 번하지 않았다. 물론 요시키와 나의 생활 시간대가 다른 탓도 있다. 하지만 결혼하기 전에는 내 생활 패턴에 맞춰 밤이든 새벽이든 언제든 달려와 라면집에 데리고 갔다. 그것이 요시키가 나름대로 노력하고 있다는 증거였다.

그런데 지금은 내가 늦게 들어오면 쿨쿨 자고 있다. 어쩌다 일찍 들어와도 땀을 뻘뻘 흘리면서 트레이닝머신 위에서 몸만 단련하고. 우리 부부가 나누는 대화는 고작해야 이 정도.

"나, 어때?"

티셔츠 자락을 걷어올리면서 요시키가 내게 묻는다.

"뭐가?"

"이 복근 말이야. 권투 선수처럼 왕(王)자 안 생겼냐고?"

"아직은 아닌데."

"그래도, 좀 들어갔잖아?"

"조금은."

"그럼, 이 두 팔은 어때?"

이번에는 소매를 걷어붙인다.

"근육이 조금은 붙은 것 같은데."

"그렇지, 그렇지? 보기좋게 탄탄해졌지?"

"어어……."

"당신도 하지 그래? 이 바디블레이드, 히트 상품이라고."

"다음에……."

생각해 보면 그 짧은 대화마저 우에다 유카를 위해 존재하는 듯하다. 내가 트레이닝에 참가하면 대화의 양이 조금은 늘어나겠지만, 화제는 근육 단련에서 시작해서 근육 단련으로 끝날 것이다. 그래 가지고야 도로 아미타불. 요시키와 우에다 유카의 시간에 보다 흥분감을 더하기 위해 내가 애쓰는 꼴이 되고 만다. 그런 슬픈 악순환에 가담하고 싶지 않았다.

이번 월말이면 결혼 1주년 기념일이 돌아온다.

그러나, 어쩌면 그 날을 맞기도 전에 우리는 헤어질지

도 모른다.

그렇게 생각하는 순간, 갑자기 속이 울렁거려 싱크대에 토하고 말았다. 별로 마시지도 않았는데, 이렇게 토하기까지 하는 걸 보면 나도 꽤나 고심하고 있는 모양이다. 토한 탓인지, 요시키의 변심 탓인지 눈꼬리에 뜨거운 눈물이 맺혀 있었다.

입 안을 헹구려고 냉장고에서 생수를 꺼내 병에다 입을 대고 꿀꺽꿀꺽 마셨다.

물을 마신 다음 핸드백에서 식초 스프레이를 꺼내, 입안에다 칙칙 몇 번. 요즘 들어 유난히 찾게 되는 이 달짝지근한 뒷맛이 정신안정제 비슷한 역할을 하는지도 모르겠다.

다음 날.

우에다 유카의 망령에 시달린 나는 끝내 이런 묘안을 짜냈다. 일과 개인사를 철저하게 구별하는 내가 이런 짓을 다 하다니, 나도 참 한물 갔다고 스스로를 경멸하면서.

내가 담당하는 독자 투고란 〈연애 고민 110번〉에다 내가 투고를 한 것이다. 상담에 답해 주는 사람은 연애 소설가 하세베 준이치. 나는 독자가 보낸 엽서와 팩스를 들고 이 소설가의 작업실을 찾아간다.

내가 담당이니까, 편집부 다른 인간이 독자에게서 온 엽서나 팩스를 볼 리 없다고 생각했다. 하지만 만에 하나 누가 알아챈다면, 나는 너무도 수치스러운 나머지 선샤인 빌딩 옥상에서 몸을 던질 것이다.

그래서 나는 글씨를 알아보지 못하도록 컴퓨터로 문장을 쳐 근처 편의점에 들고 가 팩스를 보냈다. 보낸 곳의 팩스 번호가 회사 번호로 찍히면 곤란하니까 말이다.

편집부로 돌아와보니 팩스가 들어와 있었다. 그것을 들고 나는 곧장 택시를 타고 아오야마로 달려갔다.

오후 4시, 도로는 여전히 꽉 밀려 있었다. 차창으로 기울기 시작한 햇살이 살짝살짝 비친다. 뒤늦게나마, 겨울도 이제 어언 끝나가나 보다고 생각했다. 계절이 바뀌는 줄도 모르고 3월을 맞았으니, 어지간히 절박했던 모양이다. 예년 같으면 이즈음, 조금 추워도 겨울 코트를 벗어던지고 바바리나 봄 재킷을 꺼내 입었을 텐데. 그런데 지금 택시 뒷자리에 앉아 있는 나는 두꺼운 검정 울 코트를 입고 있다.

네거리에서 신호에 걸려 멈춰 있는데, 옆 차선에 택시가 멈춰 섰다. 뒷자리에 나하고 비슷한 연배의 여자가 혼자 앉아 있었다. 상큼한 재킷을 걸치고, 무릎에는 에

르메스 핸드백. 오후 4시에 저런 차림으로 혼자 택시를 타고 있으니, 전업주부는 아니겠지. 무슨 일을 하는 사람일까. 저 사람도 나하고 비슷한 일로 고민하고 있을까. 아니지, 집에 돌아가면 남편하고 식탁에 마주앉아, 오늘 있었던 그렇고 그런 일들을 도란도란 얘기하면서 저녁을 먹겠지. 만약 결혼을 아직 안 했다면 남편은 그 사람으로, 장소는 집에서 레스토랑으로 바뀌어야겠지만.

왠지 온 세상 불행을 나 혼자 짊어지고 있는 듯한 기분이 들었다.

안 되지 안 되지, 이런 피해망상증이 풍선처럼 부풀면 나만 괴롭지, 하고 고개를 젓고는 아까 편의점에서 보낸 팩스를 꺼내 다시 읽어보았다.

나는 서른다섯 살의 회사원입니다. 결혼은 1년 전에 했고요. 상담 드리고 싶은 일이 있습니다. 우리 남편은 아무리 좋게 보아도 볼품없고 별볼일 없는 마흔한 살의 회사원입니다. 그런데 요즘 젊은 여자와 바람을 피우고 있는 것 같아 괴롭습니다. 어떻게 하면 좋을까요.

틀린 내용은 없다. 불필요한 내용도 없다. 하세베 선생님은 뭐라 답할까.

246번 도로에 진입해서도 정체는 계속되었다. 나는 팩스 용지를 핸드백에 집어넣고 운전사에게 말했다.

"그냥 여기서 내릴게요."

나는 요금을 지불하고 택시에서 내려 걸었다. 코트도 벗어서 손에 들었다.

15분 정도 걸어 하세베 선생님의 작업실이 있는 건물에 도착했다. 나는 벨을 누른다. 인터폰에서 "누구세요?"란 목소리가 들린다.

"구문당 〈여성 에이트〉의 나카가와예요. 선생님."

몇 초 후, 하세베 준이치가 문을 열어 주었다.

"아이고, 어서와요."

"안녕하세요."

나는 부츠를 벗는다. 슬리퍼를 신고 선생님을 따라 거실로 들어간다.

"나카가와 씨, 오늘은 어째 좀 초췌해 보입니다. 어제 너무 마신 거 아니에요?"

"넷……? 아, 아닌데요…… 그렇게 보이나요?"

"아니 좀. 아아, 앉아요."

나는 소파에 앉았다. 초췌하다고……. 속내가 얼굴에 드러난 것일까. 하긴 화장을 좀 엉성하게 하기는 했는데…….

"자, 오늘은 어떤 내용이죠?"

그 말이, 마치, 내 고민거리를 들어보자는 말처럼 들린다. 아니지, 이것도 피해망상이라고 나는 속으로 중얼거린다.

"저…… 이런 내용인데요……."

그렇게 말을 꺼내놓고서 나는 핸드백에서 꾸깃꾸깃해진 팩스 용지를 꺼내 건너편 소파에 앉아 있는 선생님에게 내밀었다. 그리고 선생님의 말을 녹음하기 위해 테이프 리코더의 스위치를 눌렀다.

"서른다섯 살에, 마흔한 살의 남편…… 음, 그리고 스무 살짜리 여자와 바람…… 알 만하군요."

"…… 어떤 상황일까요?"

선생님의 말을 기다린다.

"음, 그러니까……."

"네."

"이 경우는, 바람을 피우는 남편 잘못도 있지만……."

"그런데요?"

"잘라 말해서, 여자 쪽 잘못이 큽니다."

가슴이 철렁했다. 나는 물었다.

"넷? 왜, 왜요?"

"여기 쓰여 있잖아요. 볼품없다, 별볼일 없다고. 남편인데, 그런 식으로 무시당하면 자연히 자기를 긍정해 주는 여자에게로 마음이 쏠리지 않겠어요? 여자 나이 서른 다섯에 회사를 다니고 있다면, 나름대로 남자들과 대등하게 일하고 있겠죠. 그래서 남편을 볼 때마다, 볼품없고 별볼일 없이 보일지도 모르겠지만, 어째 부인이 좀 우쭐해 하는 것 아닌가 싶군요. 너무 콧대가 세달까. 그런 태도 때문에 남편이 바람을 피우는지도 모르죠."

"아아…… 그래요……."

나는 선생님의 정확한 지적에 피가 거꾸로 솟는 느낌이었다.

"그리고 이 표현이요. '어째 요즘'이란 이 말투, 얼마나 자신감이 있는지 잘 드러나 있잖아요. 자기 남편은 절대 바람을 피울 리 없다는, 자기는 절대 그런 일을 당할 리 없다는 자신감. 이 여자분은 자존심을 좀 버리고 남편을 위해서 노력해야 할 것 같습니다. 결혼해서 같이 사는데 노력을 안 한다면, 그거 문제 아닙니까. 결혼 생활이란 원래가 서로의 노력이 쌓이고 쌓여야 성립되는 것이니까요."

노력. 요시키를 위한 노력. 듣고 보니, 아무 것도 한 것이 없다. 그렇다고 나만 나쁜 것일까.

"…… 그럼 선생님, 이 여자 분, 남편하고 헤어지는 편이 나을까요?"

나는 귀를 쫑긋 세우고 대답을 기다린다.

"그러니까, 문제는 노력이라니까요."

"노력……."

"아무튼, 상대가 스무 살이라면, 여자 쪽에서도 결혼할 마음은 별로 없을 테지만……."

"별로 없을 테지만……?"

"한마디로 단언할 수는 없겠죠."

"그럼 어떻게 하면 좋죠? 노력하면서 기다리면 될까요? 기다리는 수밖에 없을까요?"

"아니, 왜 그렇게 심각하세요. 나카가와 씨답지 않군요."

"아니…… 저, 독자가 납득할 수 있는 대답을 써야 하니까……."

"그건 그렇지만. 아무튼 다소는 남편에게 경의를 표하도록 주의하면서 기다려 보는 게 어떨까 싶습니다."

"선생님, 그 대답, 책임질 수 있죠?"

소파에서 몸을 쑥 내밀고, 테이블을 두 손으로 짚고 선생님에게 따진다.

"글쎄, 책임을 질 수 있을지 어떨지는 잘 모르겠지만,

나카가와 씨도, 당분간은 사태를 지켜보는 것이 어떻겠습니까?"

넷……!?

"아, 아니, 내가 아니고요! 내가 상담하는 게 아니에요!"

나는 당황하여 손을 좌우로 흔든다.

"하하하, 미안해요. 나카가와 씨가 너무 심각하게 물어서."

꿰뚫어보고 있다. 내 사연이라는 것을 이미 간파하고 있다. 얼굴이 화끈 달아올랐다. 그리고 이어 "우윽" 하고 구역질이 올라왔다.

"선생님…… 저, 죄송한데요, 화장실에 좀……."

나는 손을 입에 대고 화장실로 뛰어가 토했다.

"괜찮아요? 나카가와 씨, 아직 술이 덜 깬 겁니까?"

화장실 밖에서 선생님이 걱정스러운 목소리로 묻는다.

"괜찮아요…… 별 일 아니에요, 죄송합니다."

변기를 껴안고 쭈그리고 앉아, 나는 문 밖에 있는 선생님에게 대답했다. 립스틱이 다 지워졌을 것이라고 생각했다. 토하면서 흘린 눈물 때문에 파운데이션도 번졌을 것이다. 하지만 화장을 고칠 기력도 없었다.

노력이라.

돌아오는 택시 안에서 나는 하세베 선생님의 말을 되새겼다.

과연 나는 지금까지 요시키를 깔보고 있었다. 요시키가 나를 좋아하는 것은 당연한 일이라고 생각했다. 그런 생각에 안주한 나는 '아름다운 여자'이기 위한 마음가짐마저 잃어버렸다.

메이크업 베이스를 바르고, 볼륨 타입을 바르고, 그 위에다 지워지지 않는 파운데이션까지 덧발랐는데. 마스카라도 그렇게 정성스럽게 발랐는데, 지금은 바보짓 같아 아예 하지 않는다.

화장은 파운데이션을 탁탁 펴 바르고, 눈썹을 그리고, 립스틱은 좌우로 몇 번 왔다갔다, 3분이면 끝이다. 컵 라면에 뜨거운 물을 부어 익기를 기다리는 시간과 비슷한 길이다. 눈썹도 한 달에 겨우 한 번 뽑고 밀고, 그래서 들쭉날쭉이다. 볼터치도 마스카라도 아이라인도 아이섀도도 생략.

매니큐어도 누구 결혼식에 가느라고 바른 후로는 한 번도 바르지 않았다.

취해서 돌아오면 그대로 잠들어버리니까, 스킨 케어도 엉망. 전에 비하면 스킨과 로션이 줄어드는 속도가 압도적으로 느려졌고, 피부 상태도 한심할 정도로 거칠어졌다.

요컨대, 비주얼적인 가치가 폭락하고, '꽃 같은 노처녀'란 말이 무색해져 버린 것이다.

하지만 그런 느슨함이 허락되는 것이 결혼이라고 생각했다. 더 정확하게 말하면, 요시키와 결혼하면 그것이 허락되리라고 생각했다. 요시키에게는 그런 여유가 통할 것이라고. 과거의 남자들 앞에서는 100퍼센트의 저력을 쥐어 짜냈어야 했는데, 결혼은 참 편해서 좋다고 마음을 놓고 있었다.

외모에만 신경을 안 쓴 것이 아니다. 나는 어지간한 일이 없는 한 반찬도 제대로 만들지 않았다. 저녁은 주로 밖에서 먹으니까 아침 정도는 챙길 수도 있었다.

그런데 나는 요시키가 출근하기 전에 식빵 한 장 굽지 않았고 커피 한 잔 끓이지 않았다. 매일 아침 부엌에서 울리는 토스터의 '칭' 소리를 침대 속에서 잠이 덜 깬 상태로 들었다. 아, 빵 굽는가 보다, 하고 생각하면서도 내가 해 주고 싶은 마음은 들지 않았다.

청소도 마찬가지였다.

결혼 전에 '청소는 당번제'라고 약속했으면서 제일 귀찮은 목욕탕은 언제나 요시키에게 미뤘다. 가끔 생각났다는 듯이 거실과 부엌 바닥에 청소기를 돌리는 것이 고작이었다. 걸레로 텔레비전과 비디오에 쌓인 먼지를 닦는 요시키를 쳐다보면서 "어머, 먼지가 그렇게 쌓였어, 미안"이라고 뻔뻔스럽게 말할 뿐인 나.

결국 나는 결혼이란 형식에 안주하여 비주얼에는 전혀 신경을 안 쓰면서 생활 패턴은 독신 시절 그대로 무엇 하나 바꾸지 않았던 것이다. 참으로 기가 막히는 얘기다.

"노력해도, 너무 늦은 건가……."

발갛게 물드는 저녁 하늘을 올려다보면서 혼자 중얼거렸다.

"손님, 뭐라고 하셨습니까?"

운전사가 물었다.

"아니, 아무 것도 아니에요."

혼자서 중얼거릴 수밖에 없는 내가 조금은 불쌍했다.

그러나 다음 순간, 거울에 비친 화장 지워진 얼굴을 보고 그 생각을 정정했다. 자업자득이라고.

정체에서 겨우 빠져나와 구문당 빌딩이 시야에 들어왔을 때, 또 속이 뒤틀리면서 구역질이 올라왔다.

"죄송하지만, 잠깐만 내려 주세요."

나는 입을 틀어막고 운전사에게 말했다.

"왜 그러세요? 차멀미인가요? 이거, 안에다 토하면 안 되는데!"

"그러니까, 빨리."

나는 굴러 떨어지듯 택시에서 내려 도로가에서 토했다. 이상하다. 이건 정말 이상하다. 절대 술 때문이 아니다.

"그냥 여기서 내릴게요."

나는 더러워진 손으로 요금을 지불했다. 그리고 회사와는 다른 방향으로 걸었다. 예감이 이상했다.

"저, 임신검사약, 있나요?"

"물론 있죠. 일회용하고 이회용이 있는데, 어느 것으로 드릴까요?"

"아, 그냥 일회용으로……."

거의 기다시피 회사로 돌아온 나는 1층 화장실로 내려갔다. 사방을 돌아보며 누가 없는지 확인하고 화장실로 들어가 임신검사약을 꺼냈다. 그리고 막대기처럼 생긴 하얀 그것에 오줌을 눴다. 억지로 누려고 하니 오줌도 억지로는 나오고 싶지 않은 모양이다. 악전고투 끝에 겨우 검사할 수 있을 만큼의 양을 짜냈다.

그대로 변기 위에 앉아 결과가 나올 때까지 기다렸다. 양성이길 바라는지 음성이길 바라는지, 솔직히 나 자신도 알 수 없었다.

아이가 생겼다고 하면, 요시키가 돌아올지도.

그 반대로 싱글 마더를 선택해야 할지도 모른다.

그렇다면 차라리 아이는 없는 편이 낫다. 이 나이에 수술하면, 다음에는 임신을 해도 낳을 수 없는 몸일지도 모른다.

그런 자문자답을 계속하다 보니 5분이 지났다. 뿌연 천장을 한 번 올려다보고, 숨을 크게 들이쉬고서, 검사약을 들여다본다.

플라스틱 막대기 한 가운데, 조그만 창문 같은 하얀 종이에 빨간 선이 그어져 있었다.

결과는, 양성. 임신이다.

기뻐해야 할지, 슬퍼해야 할지, 그것도 모르겠다.

결혼한 지 1년. 게다가 남편은 마흔한 살, 아내는 서른다섯 살. 여느 부부 같으면 만세를 부르며 좋아할 것이다. 그러나 지금 우리 부부가 놓여 있는 상황은 여느 부부와는 너무 동떨어져 있다.

그러나 아무튼 사실은 하나. 내 뱃속에 나와 요시키가

둘이서 만든 새 생명이 자라고 있다는 것, 그 뿐이었다.

어쩐지 요즘들어 식초를 자주 뿌려대더라니, 임신이었어. 생리가 없었던 것도 모르고 지나가다니, 정말 여자로서 실격이다.

나는 검사약을 종이 봉투에 담아 핸드백에 집어넣고 화장실에서 나와 손을 깨끗이 씻었다.

종이 타월로 젖은 손을 닦으면서 거울이 비친 자신의 얼굴을 보았다.

"정말 못 봐주겠군."

그 얼굴은 꽃 같은 노처녀는커녕, 그저 나이에 걸맞게 주름진 아줌마의 얼굴이었다. 이렇게 쭈그러든 여자에게 남자가 돌아올 리 만무하다.

그 날 기분이 착잡한 나는 평소보다 일찍 퇴근했다.

어차피 요시키는 우에다 유카와 데이트를 하느라 들어와 있지 않을 것이라고 생각했다. 밸런타인데이 때처럼, 이 허전한 마음을 혼자서 한껏 곱씹으리라 생각했다.

그런데 뜻밖에도 요시키는 벌써 집에 들어와 식탁에서 저녁 신문을 펼쳐놓고 묵묵히 라면을 먹고 있었다.

"엇, 당신, 오늘 웬일이야?"

"아…… 응."

아주 잠깐, 요시키는 젓가락질을 멈추고 나를 쳐다보
더니 다시 젓가락을 놀렸다.

　그러고 보니, 식사를 하는 요시키의 모습을 본 지도 오
랜만인 것 같다. 나는 옷도 갈아입지 않고 요시키와 마
주 앉아, 두 팔꿈치를 식탁에 대고 손가락을 깍지끼고
그 위에 턱을 올려놓고 라면을 먹는 요시키의 모습을 한
참이나 바라보았다.

　"그거, 맛있어?"

　"아니, 그냥 그렇지 뭐."

　"그런데 되게 맛있게 먹는다."

　"그래?"

　"누가 라면 먹는 거 보면, 보는 사람도 먹고 싶어지잖
아."

　입에서 나오는 말이라니, 처음 만났을 때 요시키가 내
게 한 말뿐이었다. 그리고 요시키의 반응은 그때 내가
되받아친 말하고 똑같았다. 나로서는 어느 쪽이나 잊지
못할 대사였다.

　하지만 저녁 신문에 정신을 팔고 있는 요시키는 마치
그때를 재현하고 있는 듯한 이 대화를 기억하고 있는 것
같지 않았다.

　이 사람은, 소중한 우리의 추억을 까맣게 잊고 있다.

울고 싶었다.

"나도 라면이나 먹을까."

금방이라도 눈물이 쏟아질 것 같은데 꾹 참고, 요시키가 눈치채지 못하게 자리에서 일어나려고 했다.

"어, 당신 저녁 아직 안 먹었어? 그럼 내가 끓여 줄게. 당신은 피곤할 테니까."

요시키가 그렇게 말했다.

"아니, 괜찮아. 그 정도는 나도 할 수 있어."

"당신, 왜 그렇게 안색이 안 좋아. 괜찮아?"

가스 레인지 앞에 선 내 등 뒤에서 요시키가 묻는다.

"…… 응."

추억의 대사는 잊은 주제에, 임기응변의 친절함만은 잊지 않는 요시키의 어중간한 배려가 쓸쓸했다. 그렇다, 이 사람은 늘 친절했다. 그리고 나는 이 사람의 친절함 위에 떡 버티고 앉아 있었던 것이다. 내가 아무리 앙탈을 부려도 그 친절함은 영원히 나를 향할 것이라고 거만을 떨고, 그 친절함이 다른 누구를 향하는 일은 절대 없으리라고 자만하면서.

요시키는 우에다 유카에게도 친절하리라. 내게 친절한 만큼, 아니 어쩌면 그 보다 더.

지금까지는 사귀는 남자가 양다리를 걸치는 눈치만 보

여도 당장에 걸어차지 않았던가. 새로운 남자를 찾으려 하지 않았던가. 이번에도 그러면 그만 아닌가.

하지만 스스로에게 몇 번을 물어도 '헤어진다' 는 결론은 나오지 않았다. 아니 오히려 어떻게 해서든 요시키를 되찾고 싶다는 마음만 불거진다.

돌아보니, 요시키는 라면 국물을 홀홀 마시고 있었다.

무엇과도 바꿀 수 없을 정도로, 요시키를 좋아한다.

스스로도 놀랄 만큼, 그런 생각이 불쑥 가슴으로 번졌다.

"어, 왜?"

사발 너머로 나를 멀뚱하게 쳐다보는 요시키와 눈이 마주친다.

"아니야."

나는 냄비로 고개를 돌린다.

독신 시절에는 다들 나를 '연애선수' 라고 했지만, 지금 생각해 보면 나는 한번도 제대로 된 연애를 하지 않았다. 그러니 헤어져도 아무 미련도 아무 아픔도 없었던 것이다. 오기로 다른 남자를 찾아 빈 구멍을 메웠을 뿐이었다.

나는 지금 난생 처음으로 한 남자를 진정 사랑하고 있는 것이다. 지금 저기서 라면 국물을 마시고 있는 나카가와 요시키라는 남자를.

지금 내 마음에 뚫린 구멍은 다른 누구로도 메울 수 없다. 요시키가 아닌 남자는 절대 안 된다. 요시키가 아니면 절대.

다 끓은 라면을 사발에 담아 들고 식탁에 앉았다.

모락모락 피어오르는 김이 볼을 애무한다. 간장 냄새가 콧구멍을 간지럽힌다.

그 열기와 냄새에 사원식당에서의 추억이 되살아난다. 견딜 수 없는 나의 눈물샘이 풀린다.

"어어 당신, 왜 그래? 우는 거야?"

코를 실룩거리는 소리에 요시키가 놀라 말했다.

"아무 것도 아니야, 울기는. 후추가 코에 들어가서 그래. 에취."

뻔한 거짓말에 헛 재채기.

임신했다는 말은 꺼낼 수가 없었다.

다음 날 밤, 요시키가 잠드는 것을 보고 부엌으로 나갔다.

무염 버터를 녹이고, 밀가루와 베이킹 파우더를 채에 거르고, 그것들을 전부 볼에 담고 계란을 넣고 나무 주걱으로 재빨리 섞는다. 대충 섞이면 도마 위에다 반죽을 꺼내 나무봉으로 얇게 편다. 다 펴지면, 밀가루를 뿌린 손으로 반죽을 조그맣게 뜯어 납작 동글하게 모양을 만든다. 그런 단조로운 작업을 계속했다.

납작하고 동글동글한 무수한 덩어리가 생겨났다. 팬에 쿠킹 시트를 깔고 그것들을 죽 늘어놓고 170도로 예열한 오븐에 넣고 타이머를 15분에 맞췄다.

내일은 화이트데이.

'수제 초컬릿에는 수제 쿠키로'라는 구문당의 관례에 따라 나는 쿠키를 만들고 있었다. 중학생 때 만들어보고는 처음이었다.

스무 살인 우에다 유카가 4년제 대졸자가 아니면 채용하지 않는 구문당 소속일리 없다는 것은 알고 있었지만, 이 정도는 해야지 안 그러면 마음이 편치 않을 것 같았다.

바람을 피우는 남편의 여자를 위해서 이렇게 정성껏 쿠키까지 굽는 자신의 모습이 우스꽝스럽고 한편 눈물겨웠다. 하세베 준이치가 말한 노력이 이런 착실하고 소박한 작업을 뜻한다면, 아내란 정말 애처로운 생물이다.

칭.

오븐 타이머가 다 돌아갔다는 신호. 쿠키가 완성됐다.

나는 손등으로 눈물을 닦고, 은색 집게로 팬을 집어

싱크대 위에 꺼내 놓았다. 모양은 제멋대로지만 그래도 일단은 쿠키 같은 꼴이다. 제일 못생긴 놈을 골라 맛을 본다.

바삭.

음, 사르르 입 안에서 녹을 만큼 명품은 아니지만 못 먹어줄 정도는 아니다. 아니, 쿠키 맛이 이렇지 뭐. 우에다 유카의 토리프와 나의 쿠키 중에서 어느 쪽이 훌륭한지는 아무도 판별하지 못할 것이다.

그렇게 마음을 추스르고 모양이 웬만한 쿠키를 열 개정도 골라, 에메랄드 그린색 종이봉투에 담았다. 그리고 금색 리본 테이프로 꼭 묶어 식탁에 올려놓는다. 일단은 완성이다.

간신히 무거운 짐을 하나 덜어낸 느낌이었다. 조리 기구를 씻어 바구니에 담아놓고 의자에 앉아 한숨 돌렸다. 거실 시계를 본다. 새벽 2시 반이었다.

7시 반이면 요시키가 일어나겠지. 그때 초콜릿 답례용 손수건 세트와 이 쿠키를 건네야 한다. 그러니까 절대 늦잠을 자서는 안 된다, 절대……

"어떻게 된 거야 당신, 이런 데서 자면 감기 걸리지."

요시키의 목소리에 눈을 떴다. 의자에 앉은 채 식탁에

엎드려 잠이 든 모양이다. 울면서 잠이 든 탓인가, 눈두 덩이 뻑뻑했다.

"아…… 당신, 잘 잤어?"

내 말은 듣는둥 마는둥 요시키는 바쁘게 움직인다. 빵을 자르고, 물을 끓이고, 팬을 달구어 햄과 계란을 굽는다. 저것이 요시키의 변함없는 아침 일과였겠지. 나는 요시키의 물흐르듯 자연스러운 움직임을 지켜본다. 토스트와 커피와 햄에그가 만들어지는 일련의 과정은 내가 전혀 끼여들 틈이 없을만큼 정교했다. 로봇의 작업을 보고 있는 듯한 착각마저 들었다.

식탁에 그것들을 죽 늘어놓고 나와 마주앉은 요시키의 입에서 오늘 아침 두 번째 말이 흘러나왔다.

"당신 왜 그래. 잘 거면 침대에서 자야지."

나는, 단단히 마음을 먹고 말을 꺼냈다.

"아, 여보, 오늘…… 화이트데이잖아?"

머그컵 속의 뜨거운 커피를 후룩, 한 모금 마시고 요시키는 아침 신문을 펼친다.

"당신은 신경 안 써도 돼. 내가 준비해 놨으니까."

"어어, 고마워."

"이건 회사 여사원에게 주고, 이건 보험 아줌마 거."

나는 발치에 놓인 가방에서 손수건 세트를 세 개 꺼

낸다.

"응, 알았어."

요시키는 한 손으로 토스트를 베어먹으면서 힐금 내 손을 쳐다본다.

"음, 그리고 이건……."

"응?"

"이건."

주저하는 내 심정을 털끝만큼도 모르는 요시키는 신문 사회란에 의식을 집중하고 있다. 그렇다고 언제까지 우물쭈물하고 있을 수는 없다. 출근하기 전의 요시키에게는 별로 시간이 없다. 있는 용기를 쥐어짜 말을 목구멍에서 꺼집어냈다.

"이건…… 우에다 유카 씨……!"

고개를 숙인 채 쿠키를 담은 종이 봉투를 두 손으로 바치듯 요시키에게 내밀었다. 고개는 계속 숙이고 있었지만 당황한 요시키의 몸이 딱딱하게 굳는 것을 공기의 움직임으로 충분히 알 수 있었다.

어느 정도 침묵이 이어졌을까. 고작 2~3초인 것도 같고, 두세 시간인 것도 같다. 다만 그때의 나는 극도로 긴장한 탓에 시간 감각이 완전히 마비돼 있었다.

침묵을 깬 것은 요시키의 말이었다.

"미안!!"

"……."

"미안해, 여보! 아무 변명 안 할게! 용서해 줘!"

"……."

"미안해……."

미안하다는 말의 진의가 누구와의 헤어짐을 뜻하는 것
인지 감을 잡을 수 없었다.

"여보, 나…… 이런 식으로 말하고 싶지 않았는데, 어,
그러니까, 나, 실은 생긴 것 같아. 하지만, 그러니까……
당신은 다른 여자한테 마음이 가 있는 것 같고, 그렇다
고 나 혼자서 낳아 기를 자신은 없는데, 이 아이 낳아도
괜찮을까…… 아니면."

말도 되지 않는 말을 주절주절, 뒤죽박죽 머릿속에서
떠오르는 대로 얘기했다. 내 마음이 제대로 전해질지 불
안했지만, 다음 일은 하늘에 맡기는 수밖에 없었다.

"당신…… 생겼다는 거, 아이야? 우리 아이가 생겼다
는 거야?"

"어……."

"정말? 정말, 정말이야?"

"음, 그런 것 같아."

나는 살며시 시선을 무릎에서 요시키의 얼굴로 들어올

린다. 그러자 그 얼굴에서 눈이 번쩍번쩍 빛나기 시작하더니, 코 주위에 주글주글 주름이 번지고, 입이 점점 크게 벌어지더니, 마지막에는 "야호!!" 하는 외침이 부엌이 떠나가라 터져나왔다. 환성과 환한 웃음. 온화한 그 사람의 입에서 그렇게 큰 소리가 나올 줄은 몰랐다.

요시키는 의자에서 벌떡 일어나 두 손을 높이 쳐들고 "만세!!" 하고 외치면서 온 집 안을 뛰어다닌다. 골을 터뜨린 축구 선수 같았다.

"저, 당신, 그럼, 낳아도 된다는 뜻이야?"

뛰어다니는 요시키에게 아직도 걱정스러운 내가 묻는다.

"무슨 뚱딴지같은 소리야 당신! 당연하지! 우리의 소중하고 소중한 아이, 안 낳고 어쩐다는 거야!"

"하지만, 그…… 우에다 유카 씨는 어떻게?"

"잘못했어!!"

요시키는 그렇게 말하고 이마가 무릎에 닿도록 고개를 숙였다. 그러고는 선반에서 휴대폰을 들고 와, 의자에 앉아 있는 내 눈높이에 맞춰 몸을 구부렸다. 그리고 내게 화면을 보여 주면서, 우에다 유카란 이름을 창에 띄우더니, 삭제 버튼을 누르고 YES 버튼을 빽 눌렀다.

"이제 이 여자 전화번호는 사라졌어. 변명은 안 해. 잘

못했어⋯⋯!!"

"여보."

"미안해, 전부 내 잘못이야."

"아니⋯⋯ 내가 잘못했어."

"아니야, 당신은 하나도 잘못한 거 없어. 내가 나빴지.
하지만 앞으로는 뱃속의 아이를 위해서 살 거야. 아니
지, 당신하고 아이를 위해서만 살 거야. 정말이야, 믿어
줘!"

그 날 요시키는 까치머리도 빗지 않고, 수염도 깎지 않
고, 하얀 와이셔츠에 쥐색 투 버튼 양복을 입고 회사에
갔다.

임신 발각 사건 때문에 시간이 없어서 까치 머리를 다
듬지 않았는지, 시간은 있었지만 다듬을 마음이 없었는
지, 그것은 알 수 없다. 다만 자기 의지로 하얀 와이셔츠
와 투 버튼 양복을 고른 것만은 분명하다.

그 날 이후, 요시키는 지금까지의 요시키와는 전혀 다
른 사람이 되었다.

내가 일 때문에 늦어지면 몸에 안 좋다고 화를 내고,
술을 마시고 돌아오면 술은 아이에게 독이라면서 또 화
를 냈다. 과자를 먹으면 더 영양가 있는 것을 먹으라고

화를 내고. 아무튼 계속 화만 냈다. 부모가 된다는 자각이 싹트지 않는 것은 오히려 내쪽이었다.

벌써 아빠가 된 기분인 요시키는 연일 딸랑이니 아기옷이니 엄지손가락만한 양말이니, 끝없이 사 들였다. 내가 돌아올 때면, 그게 몇 시가 되든 기다렸다는 듯이 현관까지 뛰어나와 내게 매달렸다. 그리고는 사 들인 것들을 하나 하나 보여 준다.

"여보, 이거 어때? 응, 이건?"

"당신, 아침에 일찍 나가야 되는데 자야지."

이런 내 말을 들은 척도 않고,

"요시코 찌 입니까? 아빠예용" 하면서 내 배에다 귀를 가져다 댄다.

"아이 좀 그만 해 여보! 아기 이름을 누가 요시코라고 지었다고 그래."

"어때서, 그냥 내가, 그래, 그냥."

"여자앤지 남자앤지도 아직 모르잖아."

"아니, 우리 아기는 틀림없이 여자아일 거야. 난 알아."

"아이 참, 어떻게 알아? 그런 소리하다가 남자애가 나오면 어쩌려구."

"남자애 같으면 쌍둥이, 음 쌍둥이. 여자애하고 남자

애 이란성 쌍둥이다. 음, 그래, 틀림없어."

"…… 기가 막혀서. 아유 아유, 마음대로 생각하세요. 그건 그렇고 바디블레이드, 잘 쓰고 있어?"

"응, 물론이지. 오늘도 20분 꼬박 단련했지."

"장하네."

"마흔두 살에 아빠가 되는데, 체력 단련을 해야지. 학부모 참관일에 학교에 갔다가 할아버지 왔다고 놀리면, 아이가 불쌍하잖아."

"잘 아시네."

"그건 그렇고, 이리 좀 와 봐. 이리."

그 날, 요시키는 내 팔을 잡고 자기 방으로 나를 데리고 갔다.

"뭐야? 당신 방에 뭐가 있는데?"

"아무튼, 여기 좀 앉아 봐."

요시키는 나를 앉은뱅이 상에 앉혔다. 요시키가 내게 등을 보이고 뭔가 부스럭거리고 있는데, 대체 뭘 하고 있는지 잘 보이지 않는다.

몇 초 후, 치직치직 하는 특유의 잡음과 함께 음악이 온 방의 공기를 밀어내기 시작했다.

"당신, 이건……."

"태교에는 역시 재즈지, 재즈."

그렇게 말하면서 요시키는 뒤돌아 싱긋 웃었다.

요시키의 등 너머에서 레코드가 빙글빙글 돌아가고 있었다.

"당신, 이 턴테이블, 언제 연결했어?"

"에이, 그런 건 언제면 어때."

요시키가 머쓱하게 웃는다.

"그보다 당신, 이 레코드 없는 거 용케 알고 있었네."

〈한나와 그 자매〉의 재킷을 오른손에 든 요시키가 신기하다는 표정이다.

"이사할 때 당신이 그 재킷 들고서, 이것만 깨졌다고 난리 피웠었잖아."

"그랬었나?"

"그럼. 그래서 기억하고 있는데."

"그래?"

"그래."

이것이야말로 부부, 라고 생각했다.

하필이면 오늘은 3월 31일.

"당신, 오늘이 무슨 날인지, 기억해?"

내가 물었다.

"당연하지. 오늘은 우리의 첫……."

"결, 혼, 기, 념, 일."

우리는 얼굴을 마주보고 웃었다. '첫 밸런타인데이는 까맣게 잊어버린 주제에'란 말은 꿀꺽 삼키기로 했다.

음악은 우디 알렌이 의사에게서 병이 아니라는 진단을 받고 기뻐 날뛰며 병원에서 뛰어나오는 장면에서 흐르는 곡이었다. 나 역시 기뻐 날뛰고 싶은 기분이었다. 우에다 유카란 병에서 헤어났고, 주도권을 누가 잡느냐는 고뇌의 씨앗에서도 해방되었다.

주도권?

주도권 따위, 남녀가 맺어진 후에야 누가 잡을지 뻔한 일 아닌가.

두 사람의 사랑에서 태어나는 새 생명이 그 누구보다 강력한 힘으로 주도권을 잡을 것이다.

올 가을, 나와 요시키가 만난 계절에 우리의 아이는 응애응애 하고 첫울음을 터뜨릴 것이다.

그때가 되면 나는 요시키를 주저없이 '누구누구 아빠' 하고 부르리라. 아이가 태어나는 순간, 서로를 누구 아빠, 누구 엄마라고 부르는 부부는 되지 말자는 신념으로 지금까지 살아왔는데, 생각하면 웃음이 나온다.

어쩔 수 없지 뭐. 아이 앞에서 부모는 한없이 바보가 된다고 하지 않던가.

누구 아빠라 부르고 누구 엄마라 불린다…… 기노시

타 씨에서 나츠미로 불렸을 때보다 나츠미에서 누구 엄마로 불릴 때가 더 행복할지도 모르겠다. 나는 웃는다.

일요일에는 요시키와 벚꽃 구경이라도 가자.

단 둘이서 보는 마지막 벚꽃이 어떤 색이었는지, 지금 이 뱃속에 있는 아이에게 언젠가 가르쳐 주기 위해서.

한 사람이 여러 가지 재능을 두루 갖고 있다는 것은 어쩌면 피곤한 일이다.

넘치는 끼와 에너지를 정당하게 발산하려면 나름의 노력과 분투가 필요할 테니까 말이다.

그것도 세상의 이목이 집중되는 연예계에다 판을 벌였다면 말할 나위 없다.

그런데 이 여자는 상당히 예외인 듯 하다.

야마다 구니코.

그녀가 특유의 주걱턱을 당당하게 치켜들고 브라운관에 등장했을 때, 온 일본은 화면에 붙박이가 되었다. 그것은 연예계하면 잘 생기고 예쁜 선남선녀들의 사랑방이란 통념을 여지없이 깨뜨린 일대 사건이었으며, 일본의 개그계는 그녀로 하여 웃음의 질까지 진일보했다.

그녀가 한참 주가를 올렸던 80년대 내내 화면을 종횡무진 휘저었던 그 주걱턱의 추억은 지금도 내 기억에 선명하다.

그런 그녀가 집필까지 하다니, 그것도 그녀 자신의 소질을 한껏 살려 재치와 풍자에 넘치는 깜찍한 소설을 쓰다니, 참 인간의 재능이란 그 끝을 알 수 없다.

그렇다. 〈아가씨와 아줌마 사이〉는 일본 개그계의 총아인 만능 탤런트 야마다 구니코의 깔깔낄낄 깜찍발랄한 세태 소설이다. 그런데 깔깔거리고 웃다 보면 눈꼬리에 슬쩍 눈물이 묻어난다. 왜일까? 너무 웃다보니까? 그렇지만은 않다.

아가씨면서 아줌마로 살아가는 여자의 게으름과 아줌마면서 아가씨를 가장하려는 여자의 바지런함에 동시에 일침을 가하기 때문이다. 결혼을 아가씨와 아줌마의 경계선으로 아는 여자들의 상식에 가차없는 채찍질을 하기 때문이다. 왠지 뒤가 켕겨 오늘부터 세수라도 제대로 해 볼까 하고 눈곱을 떼는 늘어진 여자들의 엉덩이를 어서 빨리 일어나라고 걷어차기 때문이다. 그리고 그런 여자들의 모습 속에 내가 있기 때문이다.

야마다 구니코는 재기 넘치는 목소리로 이렇게 외친다.

아가씨와 아줌마의 경계는 이미 결혼 따위가 아니라고.

아가씨와 아줌마 사이에 다소 역할의 변화가 있을 뿐, 여자는 어디까지나 여자라고. 그리고 그 여자는 어엿한 인간이라고.

남자와 결혼이라는 울타리에 기대어 자기를 방기하는 것은 여자가 할 짓이 아니라고.

아가씨든 아줌마든 그 역할에 맞는 품위를 지키고, 끊임없는 자기 계발에 힘쓰라고.

그리고 당당하고 멋진 여자로, 또 인간으로 가슴을 좍 펴고 살아가라고.

김난주

아가씨와 아줌마 사이

초판 1쇄 인쇄 | 2004년 6월 25일
초판 1쇄 발행 | 2004년 7월 5일

지은이 | 야마다 구니코
옮긴이 | 김난주

펴낸이 | 한익수
펴낸곳 | 도서출판 큰나무

편집 | 성효영, 김미진
관리 | 조은정
마케팅 | 박영구, 이영학

등록 | 1993년 11월 30일(제5-396호)
주소 | 120-837 서울시 서대문구 충정로 3가 3-95 2층
전화 | (02) 365-1845~6
팩스 | (02) 365-1847

이메일 | btreepub@chol.com
홈페이지 | www.bigtreepub.co.kr

값 9,000 원
ISBN 89-7891-191-9 03830